メディアワークス文庫

ちょっと今から人生かえてくる

北川恵海

目　次

十二月五日（月）
五十嵐諒の場合

「おまえ、挫折なんて経験したことないだろう」

昔、退職する先輩にそう言われたことがある。

挫折ならしましたよ。とびきり大きいのを。

その呟《つぶや》きは、心の中だけにとどめた。

口に出さなかったのには、理由がある。

ここに入社したことが人生最大の挫折だなんて、先輩にはとても言えないだろう？

prprprpr……

特徴的なその音が鳴り、三秒で手を伸ばしスマホのスヌーズを切った。

布団から出した手が、冷え冷えとした空気に包まれた。

「さみ……」

ゆっくり上半身を起こすと、頭の中にもやがかかったようにぼうっとしていた。

もう一年以上も前から眠りが浅い。

だが、それは特に問題ではなかった。小さな物音でもすぐに目が覚める。寝過ごす心配がないどころか、毎朝、誰よりも早く出社できていた。

俺は元々、睡眠には貪欲だった。固い床でも寒くても暑くてもグーグー眠れた。目覚めもいいほうで、以前までは起きてすぐにシャキッと動けた。寝つきがよく、また寝起きもよく、普段から寝坊することが少なかった。

　その体質を過信した結果、まさかの場面で寝坊した。就活で、大本命の企業の大切な個人面接だった。自分でも気づかぬうちに相当緊張していたのだろう。珍しく前夜、眠れなかったのだ。

　あのときの、起きた瞬間に一気に汗が噴き出るイヤな感覚が、今なお忘れられない。

　面接にはなんとかギリギリで間に合った。遅刻は免れたものの、出来は散々だった。落胆して家に帰り、鏡を見て愕然《がくぜん》とした。髪は寝癖がついたまま、準備していた社のイメージカラーとは真逆の、ライバル社のイメージカラーのネクタイを締め、その上、それすら歪《ゆが》んでいた。

　大切な場面で身だしなみさえ整える余裕のない、だらしないヤツ。

　そう思われただろう。当然、結果は不採用だった。

　そこから何かのサイクルが狂ってしまったように、俺は落ちるはずのないレベルの企業の面接を次々と落ち続けた。他の学生にちらほらと内定が決まり始める中、俺は焦った。その結果「今この場で決めてくれれば内定は保証する」と言われた企業で、内定承諾書にサインしてしまった。目標にしていた企業より、かなりランクを下げた中小の印刷会社だった。しかし自信を失いかけていた俺は、正常な判断をすることができず、言われるがまま就活を終了した。

大企業でコマとして使われ疲弊するくらいなら、中小でも自分を必要としてくれて頼ってくれる企業で活躍するほうがいい。当時の俺は、本当にそう思ったのだ。「昇進すれば給料も上がる。きみなら三年で主任も夢じゃない」──そう言われて鵜呑《うの》みにした。今思えば、完全に舞い上がっていた。

そんな甘い言葉ばかりを並べ、反則すれすれの技を使ってまで新卒を欲しがる企業が優良企業なわけがない。

そんなことにすら、気づかなかった。

早々と内定を手にした俺は、大学のヤツらからも羨ましがられた。

「まあ、大企業ってワケじゃないけど、伸びしろがある会社だと思ってな。ここ数年、利益も上昇してるみたいだし。何より、即戦力を必要とする実力主義の社風が俺には合ってるかなって。インセンティブも良いらしいから、この中で一番早く主任クラスになって、大企業のヤツら以上にバリバリ稼いでやるよ」

したり顔で仲間に語った。

「おまえー、内定ももらえてない俺の前でもう昇進の話かよ」

「おまえが言うと本当にそうなりそうな気がするもんな。五十嵐《いがらし》は先を見据えてるよ」

仲間のこんな言葉も、俺を増長させた。

残りの学生生活は、人生で一番楽しい時間だった。

就活のプレッシャーから解放されて、比較的時間に余裕のあった俺は、同級生と比べ卒論に手を焼くこともなかった。報酬の良い短期のアルバイトに精をだし、その金を使い、思い出づくりという名の旅行やコンパを繰り返した。

そして入社の一か月前から始めたことは、睡眠改善。

とにかく朝型の生活になるよう、生活のリズムを整えた。

もう二度と寝坊なんてしてたまるか。社会は厳しい。いつまでも学生気分で自分の便利な体質に甘えてはいられない。

毎朝とにかく同じ時間に起き、同じ時間に寝た。飲みの誘いもほとんど断り、たまに参加しても飲む量を決め、時間になると帰った。友人たちの間では、オリエンテーションで早くも新しい彼女ができたのだと噂《うわさ》されていた。学生時代、長くつき合った彼女とは、彼女が一流企業から内定をもらったことをきっかけに別れた。俺がフラれたのだ。きっと入社してから新しい彼氏を作ったほうがいいと割り切ったのだろう。こんなに打算的な女だったのかと少なからずショックを受けたが、人生の門出を迎える前にケリがついたことは、逆に好都合だと思うことにした。これでしばらくは何にも煩わされることなく仕事に集中できる。恋人はまた、作りたくなったタイミングで作ればいい。そう難しいことでもないだろう。

俺は営業に配属された。一件でも多くの依頼を受ける、できれば継続的な依頼が見込める企業との人脈を作ることが主な仕事だ。十数人程度の構成で、上司からは「営業は先鋭部隊だからな」と言われた。自慢じゃないが、人当たりのよさには自信があった。中学高校大学と、人望もあるほうだった。実際、その長所を活《い》かして早々と部署に馴染《なじ》むことができた。

案外楽勝かもしれない、そう思った。ただ、それは本格的な業務が始まるまでの話だった。

営業に配属されて三日目、名刺を五十枚配ってこい、と言われた。配るだけでなく必ず相手の名刺ももらってこい、と外に放りだされた。

終業時刻ギリギリまでねばり二十一枚の名刺を配った。さすがに一度社に戻ろうと、部署のドアを開けた瞬間、部長の怒鳴り声が響いた。先に帰っていた同期が涙を流していた。背中に冷や汗が伝った。

結局、その同期はひと月もたず退職した。

それからというもの、最初の契約を取るまで想像以上に苦戦を強いられた。そこで俺は、初めて自分の弱点を知った。俺は、人の顔と名前を覚えるのが極端に苦手だった。学生時代のように何度も顔を合わせるのなら問題はない。けれど一度会ったくらいでは顔を覚えられない。営業をする上では致命的な欠点だった。

もちろん、なんとかしようと努力はした。名刺に特徴を書き込んだり、話した内容をまとめるノートを作るのはもちろん、セミナーや似顔絵教室にまで通ったりした。けれどなかなか問題解決の糸口は見つけられなかった。

営業は結果が全て。顔を覚えられないのに自信をもって話せるわけもなく、一向に数字が取れない俺に上司の当たりはきつくなった。

そんなとき、教育係だった先輩に言われた。

「五十嵐、おまえ相手の顔をちゃんと見てるか？」

当たり前だ、そう思いかけて自問した。

「おまえ、手元の資料ばっかり見てるんじゃないか？」

その言葉にハッとした。

「目を見つめすぎるなという人もいるが、俺は目を見るべきだと思う。目は全てを語る。目から相手の気持ちを読み取れ。資料は相手が見るためのものだ。おまえが見るな。おまえは相手の顔を見ろ」

そうだ、俺は相手の顔を見ていない。手元の資料を見ながら説明するだけで手一杯なんだ。それでは顔を覚えられるはずがない。

それから俺は、家に全ての資料を持ち帰って、全てのレイアウトを覚えた。紙面を見なくても何がどこに書いてあるのかわかるよう、頭に叩《たた》き込《こ》んだ。

それから相手の目を見て話すようになった。眉の動き、眉間の皺《しわ》、口の端の上がり具合、たった一ミリの動きに相手の感情が零《こぼ》れる。いかにそれまで俺が相手の顔を見ていなかったのかがわかった。

先輩のアドバイスはとにかく全て受け入れた。

「絶対に焦りを見せるな。何を言われても動じるな。常に微笑《ほほえ》みを絶やすな。自分が思っているよりゆっくり話してみろ」

それでもすぐに結果はでなかった。

「五十嵐、結果を焦るな。コツコツやっていればいずれ花開くときがくる」

そうは言われても、焦らずにはいられない。

なかなか結果はついてこなかった。それでもなんとか耐えた。

社会は、俺が想像していたより厳しかった。

今となってはうちの会社が、中でも特にうちの部署が、ちょっとばかり余所《よそ》よりも厳しいのだとわかる。ちょっとばかり、いや、かなり異常なのだとわかる。

けれど、新卒で働く企業のそれは、俺にとっての全てであり、基準であり、まごうことなき指針であった。

これくらいでめげるようなら、どんな企業でも通用しない。

これくらいで逃げるようなら、俺は社会にそぐわない人間だ。

本気でそう思っていた。

そうして最初の一年は、歯を食いしばって耐えた。

翌年、後輩が入ってきた。

その辺りから俺は、少しずつ契約が取れるようになってきていた。

「一度契約を結んだ後が本番だ。いいか、絶対に先方から質問をさせるな。常にこちらから相手が望む以上の情報を与え、相手の要望を上回る気遣いを見せ続けるんだ。そうやって信頼を勝ち取れば、長いつき合いも望める」

俺の教育係となった先輩はとてもできた人間だった。

やっぱり、俺はツイていると思った。

人生の大切な場面で、俺はいつも〝当たり〟を引いてきた。このときもいつもの

〝当たり〟だと思って疑わなかった。いや、間違いなく〝当たり〟だったのだろう。

実際、先輩はとてもいい人だった。そう思っていた。

あの日の、あの瞬間までは。

そしてまた翌年、俺は部署でも上位の成績を収めるようになっていた。先輩の助言通り気遣いを見せ続け、長いつき合いの取引先が出来始めていた。

後輩も更に増え、社会の壁にぶち当たっている後輩に、一丁前なつらをして先輩風を吹かしたりもするようになった。後輩もそんな俺を尊敬するかのように慕ってくれた。

ノルマはキツイし残業も多いし役職のつく上司は例外なくみなパワハラ体質だったが、それでもなんとかやっていけたのは先輩のお陰だった。一番近い人間が〝当たり〟だったからだ。

それが突然終わったのは、入社して五年目のことだった。

先輩が、ある日突然会社を辞めた。

俺にとっての〝当たり〟に見えた先輩は、俺に呪縛のような言葉を残して会社を辞めた。

今、冷静になって考えてみると、もしかしたら先輩は俺の人生にとってとんだ〝ハズレ〞くじだったのかもしれない。当たりだと思ってしまったから、俺は辞めなかった。ギリギリのところで踏みとどまってしまった。耐えられてしまった。

今になってふと思う。最初から〝ハズレ〞だとわかっていれば、俺はもっと早くに楽になれていたんじゃないか。

もっと早くに、この会社に見切りをつけられていたんじゃないのか。

その数か月後、先輩と入れ替わるように後輩が入社した。

「青山《あおやま》です。よろしくお願いします！」

九十度近くまで頭を下げるその姿は、俺には眩《まぶ》しく見えた。新人特有のやる気に満ちた光でキラキラしていた。そいつには派手さはなく、器用なタイプでもなかったが、仕事に対して実直だった。真面目な性格で、人として、とてもいいヤツだった。

俺はまた〝当たり〞を引いたと思った。

教育係になった俺は、先輩が俺にしてくれたようにそいつに接した。

仕事のいろはを丁寧に教え、行き詰まっていれば飲みに連れ出し、できる限りのアドバイスをした。そいつは素直に俺のアドバイスに耳を傾け、善処しようと努めているのが見てとれた。そして、純粋に俺を慕ってくれた。俺たちは傍《はた》から見ても理想的な上下関係を築けていたと思う。

しかし、アイツの真面目さは営業という職種の資質ゆえ、ときに仇《あだ》となった。ここ最近の新入社員に多く見られるある種のゆるさも、うちの社にはそぐわなかった。特に、体育会系だった部長のアンテナに引っかかってしまった。アイツは完全に目をつけられた。なんとかしてやりたかったが、うちにいる以上、ある意味誰しもが通る道でもあった。一挙手一投足を部長から監視され、怒鳴られる。中には相当理不尽なものも、当然のようにあった。

いつしかアイツは小さなミスを繰り返すようになった。その焦りが更なるミスを産む。完全に悪循環だった。次第に、重要事項の伝達漏れや、クレーム処理への対応の誤りなどと、大きな問題に発展しそうなミスが増えていった。もちろん、その都度フォローはした。けれど根本的な解決にまでは至らなかった。

アイツの顔から日に日に精気が消えた。営業には必要不可欠な『自信』を完全に失っているのが、手に取るようにわかった。そして取り柄だった真面目さは、臆病さに形を変えた。完全に萎縮してしまったのだ。

その変化は、アイツの身なりにも現れていた。スーツには皺が増え、前髪は伸び、いつも暗い色のネクタイを締めるようになり、目からは光が消えた。活き活きとしていた入社当時とはまるで別人のようだった。

いつしか俺は、アイツはミスさえしなければいいと思うようになっていた。成績など上げなくていい。数字など気にしなくていい。とにかくミスをせず、俺のアシストをしてくれればそれで充分だ。部長にも話は通しておく。だから、無理はしなくていい。

「おまえにはおまえの役目がある。だから頑張れ」

アイツの今にも切れそうな糸を、俺はこの手で繋《つな》ぎとめていた。

それが、アイツのためだと思った。

「気持ちはわかるよ。俺もそうだったからな。でも一年目で辞めてしまっては、将来おまえのためにならないよ」

俺は、先輩のように後輩の希望をへし折ったりしない。

突然、呪縛のような言葉を残して自分勝手に辞めたりしない。

「この経験がいつか、おまえの力になるよ」

もう少しの辛抱だ。俺が昇進すれば、職場環境を変えてやれる。

だから、もう少しだけ、もう少しだけ、頑張ってくれ。

「ありがとうございます。いつも迷惑かけてすみません」

アイツは最後いつも、力なくそう言った。

「気にするな。後輩のミスをフォローするのも、俺の仕事だ」

俺はそう言って、アイツの肩を叩いた。


ちょうど今から一か月前、アイツは会社を辞めた。

青山隆《たかし》は、俺のせいで会社を辞めた。


「うっ……」

胃がギュッと締めつけられた。

電車の中で吐き気に襲われるのは、もう毎朝のことだった。

隣のリーマンがあからさまに嫌そうな顔で俺を見た。

「あー……」

俺は胃をさすった。

初めの頃シクシクだった痛みは、数日前から捻《ねじ》れるようなキリキリとした痛みに変わっていた。

「うう……」

脂汗《あぶらあせ》がじわっと額を濡《ぬ》らした。

日に日に辛《つら》くなる。病院に行きたいけど、ただでさえ人手不足の今、平日に休みなど取れるはずもない。

「……っ！」

一瞬息が詰まり、汗が滝のように何本も頬を伝った。

ヤバい、吐く。

今、何分だ？

一度降りても間に合うよな？

胃を押さえたまま、腕時計をチラリと確認する。

最悪、あと二十五分は遅れても大丈夫だ。

「す、みませ……」

俺は人波に逆流しながら、なんとか閉まりかけの電車のドアから身を捻りだした。

ここ一か月、こうして時々電車を降りる。

駅のトイレでひとしきり吐いた後、自販機で新しい水を買ってベンチに座り、常備している胃薬を飲んだ。持ってきていた水は口を漱《すす》ぐのに使いきってしまった。

「あー……いてえ……」

最近は特に頻繁なこともあり、少し慣れてきていたりする。

「そろそろ行かなきゃな……」

ベンチに根をはりそうなほど重い腰を上げた。鞄《かばん》だって鉛のように重い。靴も、ジャケットも、ネクタイでさえ、鋼《はがね》でできているようだ。鋼のネクタイが俺の首に食い込む。首には紫のあざができ、それが徐々に腐って、ある朝目覚めたら俺の首は……いけない、こんなことを考えてはまた吐き気が込み上げてくる。

「ス――ッ、ふう――」

息を大きく吸い、それを吐きだした。

「よし、行こう」

俺は意を決して、人混みの中へ身を投じた。

デスクにつくと、向かいの席の鈴木《すずき》が覇気のない顔で挨拶した。

「おはようございます」

「おう、おはよう」

鈴木は青山より一年早く入社した。元から元気が取り柄というタイプではなかったが、青山が退職してからより覇気がなくなった。それまで青山に向かっていた部長の矛先が鈴木に向かうようになったことが大きく関係している。

ガチャリと誰よりも大きな音を立て、ドアが開いた。

「お、おはようございます！」

鈴木が引きつった顔で声を上げた。

部長はいつも通り眉間に皺を寄せてドカドカ床を踏みつけて歩いてくると、鈴木の前でピタリと止まった。鈴木の額から汗が流れ落ちているのがこの距離からでもわかった。

「相変わらず辛気《しんき》臭《くせ》え顔だな」

吐き捨てるように言ったその言葉は、まるで鈴木の顔面に唾を吐きかけているように見えた。

「五十嵐ー」

「はい」

ドカッと椅子に座った部長の元に、俺は小走りで向かった。

毎朝恒例の個人朝礼が始まる。

「五十嵐、おまえ、最近たるんでんじゃねえのか？」

部長が俺を見ることなく言った。

電話がプルルと鳴った。それと同時に部長が怒鳴った。

「鈴木ぃ!!」

「はいっ!」

鈴木は飛び上がるように受話器を取った。

「今年あと何日残ってる」

部長の腹の底に響くような低い声がした。

「あと二十四日です」

「それで、どんだけ取んだよ」

部長の射るような視線が、俺を捉えた。胃が、再びキリキリと痛みだした。


prprprpr……


特徴的なその音が鳴り、三秒で手を伸ばしスマホのスヌーズを切った。

今朝はいやにこの音が不快に感じる。なぜか耳につき目覚めやすいのでなんとなくアラームはこの音で設定していたが、とうとうその理由がわかってしまった。

電車が発車するときの警告音に似ているんだ。

それに気づいてしまった今朝は、寝ざめからして最悪だ。

昨日は厄日だった。いや、ここ数か月気分のいい日などもちろんないのだが、その中でも最低の一日だった。すんでのところまで進んでいた契約を取り逃がしたのだ。部長からのプレッシャーに焦ってしまった。完全に焦っていた。

「クソッ……」

まだ部長には報告していない。いや、とてもできない。せめて何か代わりの契約を摑《つか》んでからでないと。

「さあ、用意しろ」

促すように、自らに命じた。

今朝は今年一番の冷え込みだと気象予報士は言った。けれど、そんなことはどうでもよかった。たとえ十二月の今日が真夏日だろうが、そんなこと俺にとっては大した問題ではない。台風であろうが大雪であろうが、いつも通り会社に行くだけだ。

今朝も駅のホームは人だらけだった。

一体こいつらどこから湧いてきたんだ。みんな同じような暗い色のコート着やがって。全員いなくなればいいのに。

自分の存在は棚に上げ、そんなことを思う。

吐く息が白く立ち昇る。どれだけ下を向いていても、空に向かって立ち昇る。

誰もが俯《うつむ》き口から白い息を吐く。そのどれもが忌々《いまいま》しく空へ昇る。

こんなに人がいるのに、味方が一人もいない。全員が敵に思える。

殺伐とした空気。人を押しのけ、足を踏みつけ、視線は誰のことも見ていない。

一体こいつら、どこを見ながら歩いてるんだろう。

そういう俺も、どこを見ながら歩いてるんだろう。

誰も、何も、見えていない。自分の足元ですら、見えていない。

だから、うっかりホームに落ちたりするんだ。

だから、毎日のようにどこかで人身事故が起こるんだ。

「はあ……」

口から零れた溜息《ためいき》は、思ったよりも大きな音を立てて、やはり空へ向かって昇った。

今日はいつもより早い電車に乗った。

少しでも早く社に着いて、できれば部長が出社する前にどこかとアポを取って外に出てしまいたい。一件でも多く契約を。一枚でも多くの印刷物を。誰かとアポを取って、一秒でも早くあの場所から逃げたい。部長と顔を合わせる前に。部長に「あの契約はどうなった」と訊《き》かれる前に。

「っ……」

また吐き気が襲った。いつもより酷《ひど》い吐き気だった。胃が捩《ね》じれているような感覚だった。ダメだ、間に合わない。そう思った瞬間、扉が開いた。

　思い切り前の人を押しのけた。

「んだよ！」という苛《いら》ついた声を背に、扉から身を捻りだした。

トイレに飛び込むと、ドアも閉めずに胃の中の物を全て吐きだした。余りの苦しさに涙が溢《あふ》れた。

　ひとしきり吐ききると、水を買ってベンチに倒れ込むように座った。

　しかし今日は痛みが治まらない。いつもなら吐けばマシになるのに、今日は一向に痛みが減らない。ズキズキはもっと、息が止まるような差し込む痛みに変わっていた。

　大丈夫、時間はまだある。常備している胃薬の箱を開けると、空っぽの銀シートが出てきた。

「うわ、マジか……」

　昨日飲んだので最後だったのか。気づかなかった。いつもならしないようなミスだ。

「ウー……」

　薬がないと思うと、余計に痛みが増した。脂汗が止まらない。

　人目もはばからず、腹を押さえてベンチの上でうずくまった。

　自分の荒い呼吸音だけが聞こえた。吐息がコートを湿らせ、窒息しそうだった。痛みは一向に減らなかった。必死で頭を働かせた。病院に行くべきか。そもそも立ち上がれるのか。このままでもし救急車など呼ばれると面倒だ。どうする。今で何分経《た》った？　とりあえず会社に電話すべきか。…………痛い……痛い、痛い。

「大丈夫ですか？」

頭の上からふわりとした声が降ってきた。

「あっ、大丈夫です……」

俺はほとんど反射的に、そう口にした。

「胃が痛いんですか？」

なんとか声のほうへ顔を上げてみたものの、視界は歪んで見えなかった。

「は……、いや、だいじょ……ぶ、です」

俺はどうにか、掠《かす》れた声を喉からしぼりだした。

「脂汗、すごいですよ」

相手の表情は見えなかった。上げたと思っていた顔は、ほとんど伏せたままの状態だった。

「これ、よく効く胃薬。よかったら」

頭上から降り注ぐその声が、天の助けに聞こえた。

「すみません……」

俺はようやく顔を上げた。霞《かす》んだ視界の中、神のようなその人は、俺の手のひらにシートから錠剤を三つ落とした。

「すみません……」

何の薬かなんて確認する余裕はなかった。この人を信用するしかなかった。

しかしなぜか、信用していいような気がした。俺が切羽詰まっていたからなのか、それとも、俺がこうなってから初めて声をかけてくれた人だからなのだろうか。とにかく、俺はその薬を飲んだ。

しばらくすると、少し痛みが引いた。

「……すみません」

顔を伏せたまま呟いた。その人は俺の隣に座ってくれていたようだった。なんとか呼吸を落ち着けると顔を上げ、その人のほうに視線を向けた。それに気づいたその人は、俺に視線を返し、柔らかく微笑んだ。

「ご気分は？」

ふわりとした声と同じように、ふわりとした人だった。いかにも人のよさそうな、慈愛に満ちたような瞳をしていた。ふと、誰かに似ていると思った。

「かなりマシになりました。助かりました。ありがとうございます」

俺が答えると、その人は、ホッとしたように目元を緩めた。

「動けるようなら、今からすぐにでも病院行ったほうがいいですよ？」

「そう……ですね。本当にありがとうございました」

「病院、紹介しましょうか？」

その人は明るめのグレーのコートを着て、首元にきれいな空色のマフラーをグルグルと巻いていた。

「いえ、とりあえず一度出社して、それからまた……。すみません、ご迷惑をおかけしまして。もう行かなくてはならないので、後日改めてお礼を……。あっ私、こういう者です」

俺は名刺を差し出した。

「これはどうも、ご丁寧に」

その人はニコリと微笑み、名刺を受け取った。

「本当に助かりました。では、失礼いたします」

俺はそそくさと立ち上がった。そのまま少し進んで、振り返った。

その人は俺が振り返ったことに気づくと、軽く片手を上げた。俺は小さく会釈を返した。

　黒とグレーに包まれた暗い人混みの中、去っていく空色のマフラーだけが、いやに眩しく目に映った。


　なんとか始業時間には間に合った。しかし部長とほぼ同時出勤になってしまった。部長の物言いたげな視線が、俺に突き刺さった。

　なんとか午前をやり過ごし、午後になると部長は会議のため、離席した。

　部署内の全ての人間が、ようやく息をついた。そして、一本の電話が鳴った。

「五十嵐さん、二番にお電話です。ヤマモト様とおっしゃる方です」

　鈴木が俺に呼びかけた。

「ヤマモト様……社名は？」

「それが、お伺いできていなくて……すみません」

　鈴木が疲弊しきった顔で言った。部長がいなくてよかった。こんな小さなことでも、部長が耳にすると鈴木はまた問い詰められる。

「ああ、いいよ。大丈夫。たぶん、あの人だ」

　ヤマモト様……。思い当たる人物はいなかった。誰だったかな。

俺は様々なケースを思い浮かべながら、小さく深呼吸して受話器を取った。

「はい、お電話代わりました。五十嵐です」

「あっどうもどうも、元気そうな声でよかったー」

想像していたよりもずっとはつらつとした、テンション高めのその声に、俺は一瞬虚を突かれた。

「えっ、あ、どうも、いつもお世話になっております」

「あっ、ヤマモトですー」

当然わかるだろう、という言い方だった。背中をイヤな汗が伝った。

「ええ、はい。もちろん存じております。ヤマモト様、何かございましたか？」

俺は平静を装った声で言った。

まずい、全然誰だかわからない。

「今日、飯でも行かないかと思いまして」

飯？　やはり取引先か。それにしても慣れ慣れしい話し方だ。この感じだとうちを贔屓《ひいき》にしてくれている企業のはずだ。どうして思い出せないんだろう。

「あ、それはいいですねー。洋食、和食など、本日はどのようなご気分ですか？　今なら寒ブリやふぐも旬ですね」

尋ねながらいくつか店の候補は頭の中に浮かんでいた。

「あ、行きたいお店あるんですけど、そこでもいいですか？」

さっきからイントネーションが関西弁に近い。

「もちろんです！　予約いたしますので、店名だけ教えていただけますか？」

「いや、予約はこっちで！」

「いえ、そんな……」

「ほんなら、十九時に御社最寄り駅の西口でどうです？　店も近いんで」

やっぱり、強めの関西弁だ。特徴的な話し方なのに、まだ思い出せない自分がもどかしかった。

「もちろん、結構ですよ。では十九時に西口でお待ちしております。いやあ、お会いできるのが楽しみです」

「俺も、楽しみです」

俺……？

相手が電話を切るのを確認して、こちらも受話器を置いた。

仕事関係で一人称が「俺」の人間は珍しい。しかもはっきりとした関西弁。

これほど特徴があるのに、なぜ思い出せないんだ。

モヤモヤした気持ちのまま、ホワイトボードの五十嵐の欄に『19時～会食、直帰』と書き込んだ。

結局、電話の主が誰かは思い出せなかった。細かく書き込んだ手帳を見返しても、名刺を見返しても、それらしき人物はいない。思いつく限りの資料を鞄に詰め込み駅まで向かう道すがら、どれだけ頭を巡らせても、候補者は浮かばなかった。人の顔を覚えるのが苦手という営業としては致命的な欠点。それがわかっているからこそ、人一倍努力を重ねてきた。それなのに、ここへきて思い出せない。足どりは重かった。

これが原因で契約を逃したらどうしよう。生きた心地がしない中、約束の十五分前、駅の西口に着いた。

相手がいつ現れてもいいように、姿勢を正したそのときだった。

「五十嵐さーん」

後ろから聞こえた声に、ビクッと振り向いた。

同時に、空色のマフラーが目に飛び込んできた。

「どーもどーもー、早かったですねー」

駅前で子供のようにブンブン手を振るその男を見て、驚きと共に緊張がドッと体から抜け落ちた。

「今朝の……！」

「はい！　どうも今朝ぶりですー」

彼は前歯を見せながら、ニカッと顔いっぱいで笑った。

「どなたかと思いましたよー」

心の底から安堵《あんど》の溜息が零れた。

「ははっ、すみません。よう考えたら俺、名乗ってなかったなーて思って」

俺はもう一度、深く安堵の息を吐いた。

「いえいえ、私こそお世話になったのにお名前を伺うこともせず、急いでいたとはいえ、大変失礼いたしました」

「いや、思ったより元気そうでよかった。病院、行けました？」

男はまるで旧友に会ったかのように、ニコニコ笑いながら言った。

「おかげさまで薬が効いたのか、あの後ラクになったので結局そのままです」

俺が作り笑いを返すと、男は「やっぱりなー」と一瞬、眉尻を下げた。

「あ、ええと、とりあえず店に移動しましょうか」

俺は話題を変えると、営業で培ったスマイルを男に向けた。

「じゃあ、こっち」

男は再びニカッと笑うと、改札を指差した。

男は電車に乗った。俺も後に続いた。当たり障りのない会話をしながら電車に揺られ、俺の家の最寄り駅で男は降りた。そして改札をでると、迷いない様子でスタスタと歩きだした。

「あの……今日はどのようなお店で……?」

問いかける俺に、男は「まあまあ」と笑った。

男が足を止めたのは、この駅に住んでいる俺すら存在を知らなかった、さびれた定食屋の前だった。

「ここ……ですか」

男は俺を気にすることなく、ガラガラと扉を開けた。

「いらっしゃーい」

店員のおばさんが、愛想なく俺たちを出迎えた。

年季の入った店内の壁には、いたるところにメニューが貼られていた。

「俺、カツとじ定食」

座るなり男が言った。

「では、私は……」

俺は慌てて壁を見回した。なるべく胃に負担がかからないものがよかった。

「サバ味噌《みそ》定食で」

おばさんは「はいよ」と言って、オープンキッチン形式の調理場の中へ入っていった。

ほどなくして黒い盆に載った立派な定食が湯気を立てて目の前に置かれた。男は嬉《うれ》しそうに声を上げ、割り箸を割った。

男は驚くほどよくしゃべった。表情をクルクル変えながら、旧友に会ったようなテンションのまま、小一時間程どうでもいいようなくだらない話をし続けた。

そして普通程度にうまい定食を食い終わると「ほんなら、そろそろ」とあっさり立ち上がった。余りに突然訪れた会食の終わりに驚いた。

今日の礼ということで俺が勘定を済ませたが、サバ味噌定食とカツとじ定食、二人で一九六十円だった。値段を考えると、割とうまかったような気がした。

男は店の前で「ほんなら、またね」と手を振り、去っていった。俺は少々あっけにとられたまま、家に向かう道すがら考えた。

あの人は一体、何がしたかったんだろう。

ヤマモトという名前の他、個人情報というほどのものは聞きだせなかった。こちらが口を挟む隙もないほど、一人でしゃべり続けていたからだ。

「また」と言ったってことは、また誘ってくるつもりだろうか。

関西弁なのは、東京に来てから間もないからか？

一緒に飯が食える友人でも欲しいのだろうか。

「変なヤツだな……」

もし飯を食う相手が欲しいのだとしたら、まあ悪くない出会いかもしれない。

駅で唯一声をかけてきてくれた、気のいい男。警戒心も薄く、驚くほど人懐っこい。

恐らく人を疑わないタイプだろう。少なくとも、悪いヤツではなさそうだ。

家に帰り、ネクタイを緩め、時計を見て、驚いた。

「まだ九時前だ……」

こんな時間に帰れたのは本当に久しぶりだった。その上、今日は飯まで食っている。

あとは風呂に入って眠ればいい。

「そうか……ラクだな」

思わず声が漏れた。

せっかくなので、数か月ぶりに湯を張ることにした。

「久しぶりに、まともな飯食ったな」

胃を壊してからは、食事というほどのものをとっていなかった。

熱めの湯船に浸《つ》かると、凝り固まった体が包まれ、骨がジーンと痺《しび》れた。

「はあ——」

湯を両手ですくい、何度かバシャバシャと顔にかけた。風呂とはこれほど気持ち良いものだったか。しばらくぶりで忘れていた。

「ヤマモトさん……か」

鮮やかな空色のマフラーが目に浮かんだ。

最初に見たとき、誰かに似ていると思ったんだ。

俺はもう一度、顔を覆うように湯をかけた。

そういえば、アイツも最後の日、同じような空色のネクタイを締めていたな。

ああ、そうか、ヤマモトさんは、少しだけアイツに似ているのかもしれない。

顔が似ているわけではないが、なんというか、あの柔らかい雰囲気が似ているかもしれない。

特に、最後の日に見たアイツの顔に似ているのかもしれない。

最後の日に見せてくれた、アイツのあの爽やかな顔に。

「元気かな……」

言いようのない痛みが込み上げてきた。

胸が詰まって、俺はブクブクと湯船に沈んだ。


prprprprpr……


翌朝、いつも通り、スマホのアラームを止めた。

布団から出した指先がいつもより温かかった。起き上がると、いつもより頭がスッキリしていた。ちゃんとした食事をとって、湯船にゆったり浸かったからだろうか。

ひょっとすると、あの人は俺にとっての〝当たり〟かもしれない。

根拠もなくそんな予感がしていた。

その日は、約一か月ぶりに電車を途中下車することなく会社に着いた。

昼飯から戻ると同時に、鈴木から声をかけられた。

「五十嵐さん、二番にヤマモト様からお電話です」

思わず「えっ」と声を上げてしまった。

昨日の今日かよ。すぐに受話器を取った。

「お待たせいたしました、五十嵐です」

「ああ、どうもー。ご無沙汰してますー」

どこがご無沙汰だ。俺は少し笑った。

「いつもお世話になっております」

「五十嵐さん、今日の夕方は何かアポ入ってます？　もし時間あったら、ちょっと五十嵐さんの仕事の話お聞きしたいなーと思って」

「もちろん大丈夫ですよ！　それでは……」

「十六時半に西口で！」

「はい、かしこまりました。それでは、十六時半に参ります」

俺は電話を切ると、ホワイトボードに『16：30アポ』と書き込んだ。

振り返ると、鈴木と目が合った。

「なんだ？」

俺が尋ねると、鈴木は慌てて首を振った。

「いえ、何でも」

昨日と同じように十五分前に西口に着くと、ヤマモトさんはすでにそこにいた。昨日といい、一体いつから待っていたのだろう。俺は駆けよった。

「ヤマモト様、大変お待たせいたしました！」

「あーどうもー。すみません、急に呼び出して」

彼は相変わらず、にこやかで穏やかで元気そうに見えた。

「俺の職場に向かうんで、ちょっと電車乗っていいです？」

彼は電話で、仕事の話を聞きたいと言っていた。渡した名刺から会社のHPでも検索してくれたのだろうか。恐らく、何らかの印刷物の依頼があるということだろう。

「もちろんです！」

俺は喜び勇んで返事をした。

着いた場所は有名な総合病院だった。

意外だった。ひょっとして、医者？　いや、医療事務か看護師かもしれない。どちらにせよ、病院ならパンフレットや病気に対する周知などいくらでも印刷物の需要がありそうだ。

「こっちです」

彼は笑顔で手招きした。

「はい！」

俺は尻尾を振る勢いで、彼の後を追った。

病院に入るとまず、広い受付スペースと待合所があった。そのすぐ横には『インフルエンザ予防について』やら『人間ドックを受けよう』などと書かれたプリントが自由に持ち帰れるように並んでいた。俺はそれらに気を取られた。

こういったものを一挙にうちで引き受けられれば……。

「今日、保険証もってます？」

ヤマモトさんが言った。

「え？　あ、はい！」

「ちょっと見せてもらえます？」

ヤマモトさんが手のひらを見せるように、片手を差し出した。

「もちろんです！」

俺は急いで財布から保険証を取りだし、彼に渡した。

「ほんならこれ、預かります」

そう言ってヤマモトさんはスタスタと受付カウンターまで行ってしまった。

俺はキョトンとしたまま、その場に残された。

彼はすぐに戻ってきた。手にはペンとバインダーを持っていた。

「ほんなら、そこ座って」

「はい」

俺は言われるがまま、椅子に座った。

「これに記入して」

「はい……」

俺は差し出されたペンとバインダーを受け取った。

「あ、症状なるべく詳しくね。服用してる薬もあるならきちんと書いてね」

「はい……」

バインダーに挟まっていたのは、どこからどう見ても、初診の患者が記入する問診票だった。

「え、ええと……ヤマモト様……？」

「その様ってのやめてよー。背中ゾッとなるわ」

彼は両腕を抱えるようにさすると、大袈裟《おおげさ》に首を竦《すく》めた。

「あ、すみません……」

「ヤマモトでええよ」

そう言うと彼は歯を見せてニカッと笑った。何かのＣＭみたいな笑顔だと思った。

「いえ、それはさすがに……」

俺もあわせて笑顔を作った。

「ええと、ヤマモトさんは、こちらで働いていらっしゃる……のですよね？」

「そうですよ？」

「ですよねー、はは……」

印刷依頼の話はどうなった。どう話を繋げていけばいいんだろう。いや、今はおとなしくしておくべきだろうか。俺はバインダーに目を落とした。患者を紹介すると、この人にインセンティブでもつくのか？

「これを書いて、今から私が診察を受ける……ということ、ですよね？」

「もちろん！　俺は元気やから、五十嵐さんに受けてもらわんと」

ヤマモトさんは再びニカッと笑った。

やはりこの人にもノルマなどあるのだろうか。とりあえず言うことをきいておこう。

「わかりました」

俺はカルテに記入した。ヤマモトさんはそれを受付に提出し「こっち」と俺を連れて行った。内科と書かれた待合所まで来て、ヤマモトさんは止まった。

「ここで座って、待って、呼ばれたら入ってくださいね」

「はい」

俺はやはり言われるがまま、仕方なく椅子に座った。

「そんじゃ、また後で」

ヤマモトさんは片手を上げて、立ち去ろうとした。

「あ、あの！」

俺は思わず立ち上がった。彼は「うん？」と振り返った。

「これって、普通の診察ですよね？」

一瞬後、ヤマモトさんはニヤリと笑った。

「新薬の人体実験やったりして」

「えっ‼」

思わず大きな声を出した俺に、他の患者からの視線が集まった。

彼はケラケラと笑った。

「ウソウソー！」

「普通の診察ですから、安心して？　正直に詳しく症状を話してくださいね。大丈夫、ええ先生やから」

ヤマモトさんの表情が急に柔らかくなった。ふわりとしたその声は、一番最初に駅で「大丈夫ですか？」と言ってくれた、そのときの声と同じものだった。

なぜだろう。安心した。この人の言葉は人を安心させる何かがある。

こんな警戒心の塊のような俺でも、素直に受け入れられる何かがある。

「五十嵐さん、大丈夫ですか？」

ヤマモトさんの声にハッとした。彼は覗《のぞ》き込《こ》むように俺を見ていた。

優しい、優しい目で見ていた。

こんなに優しく人に見つめられたのは、どれくらいぶりだろうか。

「はい、大丈夫です」

素直にそう思えた。大丈夫だから、大丈夫だと言えた。

本当にどれくらいぶりだろう。

大丈夫という言葉を、本来の意味で使えたのは。

もういつからかわからないくらい前からずっと、大丈夫という言葉は『大丈夫じゃない』場面でしか使わなかったのに。そういうときにしか、使えなかったのに。

「大丈夫です……」

なぜだか、泣きたくなった。

わけがわからなかった。

今、込み上げてくる感情をどう呼べばいいのかわからなかった。

俺はヤマモトさんに会釈すると、「それでは、のちほど」と俯いたまま急いで背を向けた。

彼が去る気配を背中で感じ、俺はペタンと椅子に座った。

今の顔を見られたくなかった。どんな顔をしているのか、自分でもわからなかった。

ただ、泣きそうで、泣きたくて、それを堪えるのに必死だった。

診察を終え、少し冷静になって考えた。

なぜあの人はこんなことをしたのだろう。恐らく医療関係者であることは間違いない。ただの仕事の延長のつもりだったのか。それともやはりあの人にとってこの行動に何か意味が、メリットがあるのか。

支払いをするため総合受付カウンターへ戻ると、彼が待ち構えていたように、ニヤニヤした顔で立っていた。

「どうでした？　変な注射打たれました？」

「ええ、聞いたこともない新薬を投与されましたよ」

俺も少しノッてみた。彼は嬉しそうにニカッと笑った。

「次は胃カメラやったでしょ？」

やっぱり、ある程度の知識はあるらしい。

「はい。胃カメラの予約を取れそうな日を教えてもらったんですが、正直なところ、実際に休みが取れるかどうか……」

「そんなん、外回りにしたらええやん」

「いや、それはちょっと……」

「なんで？　営業って外回りとかあるでしょ？」

「ありますけど……」

「ほんなら、外回りの後は俺と打ち合わせってことで。要するに、数字が取れたらいいんでしょ？　それは約束しますから」

「えっ……」

すなわち、胃カメラの検査を予約すれば、何かしらの契約を結んでくれるということか？　そんなに都合の良い話があるか？　一体、どうしてそこまでして胃カメラを受けさせたいんだろう。ノルマでもあるのだろうか。よくわからないが、彼は彼で医療の営業系の仕事なのだろうか？

「ちゅーことで、予約押さえちゃってもいい？」

黙っている俺の肩を彼がポンと叩いた。

「は、い……」

断る理由などなかった。俺は検査を受けられて、受注が取れる。彼には恐らく何かしらのメリットが発生する。要するにウィンウィンというヤツだ。

「では、来週の月曜、午後でお願いします」

俺がそう言うと、彼は嬉しそうに「りょーかいっ！」と笑った。

そのまま彼は、俺を駅まで送ってくれた。そして「俺まだ仕事あるから」と去っていった。

結局、詳しい職種は教えてもらえなかった。言いたくないのかどうかわからないが、今のところこちらにとっての不利益もなさそうだし、あえて急いで聞きだす必要はない。どちらにしろ、来週の打ち合わせで明らかになるだろう。

なんだかんだ待ち時間もあったので、時刻は十九時近くなっていた。

今から社に戻るか、直帰するか。そういえば、今日は部長が十九時から会食の予定だった。もういないなら文句も言われないだろう。念のため、会社に電話して自分宛の伝言などなかったか確認をしたが、特に急いで社へ戻る理由はなさそうだった。

「もう、いいか」

俺は、社とは反対方向の電車に乗った。

最寄り駅から家へと向かう道すがら、あの店を思い出した。

いつもは曲がらない角を曲がり、細道をしばらく行くと、あの古びた食堂が現れた。

ガラガラと戸を開けると、先日と同じように夕飯時の店内はわりと混んでいた。

ここには前回気になったメニューがあった。『粥《かゆ》ご膳』だ。さすがに初対面の人と食事をするのに粥もないだろうと思い頼まなかったが、これなら胃に優しそうだ。

「すみません、粥ご膳ください」

他は全て定食なのに、なんでこれだけご膳なんだろうと思いながら注文した。

「卵粥にもできるよ。値段は同じ」

店員のおばさんは前回と同じく、あまり愛想のない感じで言った。客商売に向いているようには見えなかった。

「じゃあ、卵粥で」

「はいよ」

ほどなくしてテーブルに注文が届いた。

「粥ご膳ね」

それを見て、思わず声が零れた。

「これは……ご膳だな」

大きなどんぶりに入った優しい黄色の卵粥の周りには、小鉢がずらりと並んでいた。

とろみのついた出汁《だし》のかかった湯豆腐、かぼちゃの煮つけ、ほうれん草のお浸し、鶏と大根と人参《にんじん》だけの筑前煮《ちくぜんに》のような煮物、佃煮《つくだに》と漬物と梅干しは一つの皿に、そして、小さいサイズの焼いた白身魚までついていた。

「すごいボリューム……」

呟いた俺を、おばちゃんがチラリと見た。

俺はそっと手を合わせ、食べ始めた。どこか優しい味だった。特に大根は箸で崩れるほど柔らかく煮込んであり、ちょっと感動すらした。だが、さすがに全部は食べきれなかった。

三分の一ほど食べ残した粥ご膳をテーブルに置いたまま、「ごちそうさまでした」と小さく言い残し席を立った。

食堂を出ると、肌を刺すような冷たい風が吹いていた。ここ数日で急に冷え込んだ。

大きめの通りへ出たところで、公園が見えた。

「こんなところに公園があったのか」

マップで調べてみると、〝泉が丘公園〟とあった。この中を突っ切って帰れば近道になるようだった。

公園内を少し歩くとストリートミュージシャンが歌っていた。数人の通行人が立ち止まっていた。彼は今にも泣きだしそうな声を振り絞り、通行人に何かを訴えていた。

俺はこういう自由人が嫌いだ。

いつまでも夢を追いかけ、それが美しいことだと胸を張っている。

就職もせず、ろくに自分で食うこともできず、女に援助してもらうヤツだっている。

そうまでして夢を追いかけるのは、きっと信じているからだ。

自分には世界を変える力があると信じているからだ。

そのことに一ミリの疑いも持たず、見ず知らずの人間にこうして訴えかけているんだ。その自信はどこからくるんだ。そのほとんどが勘違いだと先人がさんざん証明してきたはずなのに。それでも信じられるその気持ちの強さは何なんだ。

腹立たしい。そして、たぶん、羨ましい。

一曲歌い終わったミュージシャンが言った。

「次の曲にはタイトルがないんです。だから、無題って呼んでます。僕にとっては大切な曲です。聴いてください」

彼は大きく息を吸った。

この人は、少しばかり歌の才能を持って生まれた。

それはこの人にとっての〝当たり〟だったはずだ。

だから、夢を見てしまった。

見えもしないような、霞《かすみ》の向こうにある頂《いただき》を目指してしまった。

その霞の向こうは切り立った崖かもしれないのに。

彼は喉を震わせ歌っていた。

俺はやりきれない気持ちになった。

もしかしたら、きみが持って生まれたその才能は〝ハズレ〟かもしれないよ。

でも気づかないいんだ。

きみはそれを〝当たり〟だと思っているから。

気づくと俺はその場で足を止め、彼の声に聴き入っていた。

久しぶりに先輩のことを思い出した。俺が入社してから教育係のように面倒を見てくれた、俺の人生にとって〝当たり〟だったはずの人。


「おい、おまえ昇進したいか」

いつもの店でビール瓶片手に、その先輩は尋ねた。

「それは、もちろん」

「ははっ、相変わらずはっきりしてるな」

先輩はいつもと同じように、笑いながら俺のグラスにビールを注いだ。

「そりゃあ、勤め人なら誰だってそう思うんじゃないでしょうかね」

「そうか？　俺はそうは思わんよ」

「どうしてですか？」

先輩はビール瓶をトンとテーブルに下ろすと、ふと真面目な表情になって言った。

「おまえ、昇進したらどうなると思う？」

「ええと……給料が上がって……立場も権力も今よりは強くなって……」

先輩は鼻先でフッと笑った。

俺は少しムッとした。

「何か間違ってますか？」

「その、おまえが目指す未来があの部長だぜ？」

一瞬、言葉に詰まった。

「俺は、部長みたいにはなりません」

「へえ」

先輩は「すいません、同じのもう一本」と近くの店員に声をかけた。

「俺は……、俺が上司になれば今の職場環境を変えてみせます。そのためにはまず自分が結果を出さないと。全てはそれからです」

「そうか」

先輩は笑みを携えながら、枝豆を摘まんだ。

「先輩は……、今のままでいいと思ってるんですか？」

「俺自身のことか？　それとも職場か？」

「職場のことです」

「いいと思ってるヤツなんて、きっと一人もいないよ」

先輩は穏やかな口調で言った。

「でも、誰かが変えようと思わなきゃ、何も変わらないじゃないですか」

俺は酒が入っていることもあり、幾分かムキになっていた。

「なあ五十嵐、おまえって今までの人生で挫折したこと、ある？」

「挫折……？」

「おまえ、挫折なんて経験したことないだろう」

先輩の穏やかな声が、槍《やり》のように俺の心臓を貫いた気がした。

「そんなことないですよ」

俺は沸き上がってくる感情を抑えた。

「いいや、ないよ。だからそんなに簡単に〝変えられる〟なんて言えるんだ」

先輩の口調は相変わらず穏やかで、そして、手の中のビールグラスより冷たかった。

「先輩……変わりましたね」

　俺は心底哀《かな》しくなった。

「僕が入社した当時、僕に営業のいろはを教えてくれたのは先輩でした。いつも励ましてくれて、前向きな言葉をかけ続けてくれた。それなのに……」

「だから、こうやって話してるんだ」

　諭すような深い声だった。

「これが、俺がおまえに言ってやれる最後のことだから、話してるんだ」

　先輩の言葉の意味がわからなかった。

「五十嵐、人も会社も、そんなに簡単には変わらないよ」

　先輩はビールグラスを握ったままの手をじっと見つめた。

「物事には過程ってものがある。誰にでもな。あの部長にだってある」

「部長に……」

　考えたことなどなかった。

「ああならざるを得なかった過程がある。それを経て今の部長がいる。人はそう簡単には変わらないよ」

　先輩は、俺のグラスに再びビールを注《つ》ぎ足した。

「変えるには、変化が必要だ。変化するための、変化。起爆剤だ」

「それを、俺が起こせ、と？」

俺はすぐにそれを半分飲み干した。

「そんなこと言っちゃいない。それに、今のおまえには無理だ」

「どうしてですか？」

俺は少々ムキになって言い返した。

「あの会社で上に行こうと思ってる時点で、おまえはあの歯車から抜け出せない」

先輩は空になった自分のグラスにもビールを注いだ。

「起爆剤には、もっと大きな、違う方面からの何か大きな、爆発力のようなものが必要だ」

「違う方面ってなんですか？」

俺は憮然《ぶぜん》として言った。

「そりゃ俺にもわからんよ。だから、こうやってずっともがくはめになった」

「もがく……」

「五十嵐」

先輩が俺を真っすぐ見据えた。

「はい」

俺も先輩を真っすぐ見返した。

「あの会社で上を目指そうなんて、思うな」

それは、先輩の口から一番聞きたくない言葉だった。

「おまえには、部長と同じ〝過程〟を通って欲しくない。部長みたいになってほしくないんだよ」

「なりませんよ」

俺はビールグラスを握る手にグッと力を込めた。

「五十嵐、上に行けば更に強力な力がある。それに抑え込まれるだけだ」

「それでも俺は、部長みたいになんてなりませんよ」

先輩は何とも言えない表情で、少し笑った。

その後も二人で何本か瓶を空け、席を立つ間際、先輩は「俺、会社辞めるわ」と言った。

「おまえには先に話しておきかったんだ」

そう言った先輩の表情は、なんだか清々《すがすが》しくすら見えた。

俺は何も言えなかった。何も言えず、グラスの中に残っていたぬるくなったビールを飲み干した。

無言のまま店を出て、別れ際、ようやく俺は口を開いた。

「先輩、俺、やっぱり先輩にはあんな言葉、言ってほしくなかったです。最後にはただ一言『頑張れ』って言って欲しかった」

先輩は少し寂しそうに、でもやっぱり穏やかな声で「悪いな……」と呟いた。

そのときの俺には、辞めていく先輩がまるで負け犬のように思えた。

「俺は、絶対に部長のようなやり方はしません。俺は俺のやり方で、いつかあの職場を変えてみせます」

それができると、本気で信じていた。

「だから、心配しないでください」

俺がそう言ったときの、最後の先輩の表情は、ここ最近ずっと思い出せなかった。

先輩の顔にはもやのようなものがかかって、頭の中でいつも霞んで見えた。

あのときの先輩の表情を、今はっきりと思い出した。

今なら、わかる。

今ならあのときの先輩の気持ちが手に取るようにわかる。

先輩はあのとき、俺に心から同情していたんだ。

――


パチパチと拍手が起こった。

「ありがとうございました」

いつの間にか曲は終わって、ギャラリーも増えていた。

何人かがギターケースの中に小銭を落とした。俺も財布から百円玉をだして、その中に落とした。

「ありがとうございます」

ミュージシャンは律儀に俺を見て、軽く頭を下げて礼を言った。

寒空の下、ギターを弾き続けていた彼の指先は、赤くかじかんでいた。

たかが百円。

鼻の頭を真っ赤にしながら、白い息を吐き続けながら、たかだか百円。

きっと俺と彼ではこの百円の重みに、天と地ほどの差があるんだろう。

それから俺は毎日のように、あの定食屋に通った。毎回、粥ご膳を頼んだ。

鶏と大根と人参の煮物以外、小鉢の内容は日によって違った。じゃがいもの煮っ転がし、ブロッコリーのごまあえ、ひじき、切り干し大根、いんげんの白和《しらあ》え、豆の甘露煮、卯の花《うはな》、たまご豆腐、出汁巻き卵、茄子《なす》や小松菜や白菜やししとうの煮びたしにお浸し、どれも優しい味つけだった。必ず四つの小鉢に加え、佃煮と漬物のセット、そして白身魚の焼きもの。毎日食べても飽きることはなかった。

定食屋は深夜まで営業していた。全ての定食と粥ご膳は税込九八十円。どんぶりや麺類はさらに安く、酒を飲みながら食事している人も多かった。どの時間にもそれなりに客がいて、その多くは俺より年上の男性だった。店内にはどこかゆるい空気が漂っており、彼らは俺よりも幸せそうに見えた。ビールを飲みながらヘラヘラ笑って、テレビを見ながら食事している光景を見ると、羨ましいのと腹立たしいのが入り交じった妙な感情が芽生えた。

この店を切り盛りしているらしいおばさんは相変わらず愛想がなく、客には苛立ちさえ覚える。それでも不思議とそのゆるい空間の居心地は、悪くなかった。

帰りには公園を通った。凍えるような夜にもかかわらず、ストリートミュージシャンは毎晩のようにそこにいた。

そこで何曲か聞いて、小銭をギターケースに投げ入れた。

その度に、ミュージシャンは律儀に礼を言った。

一週間後、検査の結果が出て、立派な病名がついた。幸いにも薬を飲みながらいつもと変わらず仕事をできる状態だと聞き、安心した。

帰り際、内科の小さな受付カウンターで、俺は彼のことを尋ねてみた。

「あの、ここにヤマモトさんて方、いらっしゃいますよね？」

「ヤマモト……ですか？　内科医でしょうか」

看護師がキビキビとした動きを止めて言った。

「あっ、内科医なんですか？」

「いえ、内科にヤマモトという医師はおりませんが」

「では看護師さんか事務かも。ヤマモトさんって人は……」

看護師が怪訝《けげん》そうな表情を見せた。

「失礼ですが……？」

「あ、いえ、いいんです。すみません」

俺は慌てて受付を離れた。

今日、検査結果が出るということは前回の電話のときに伝えているし、まあこちらから探らなくても、あっちから連絡がくるだろう。そう楽観していた。

ところが、それ以降ヤマモトさんからの連絡はパッタリ途絶えた。

俺は彼の連絡先を知らなかった。一度尋ねたが「またこちらから連絡します」とあの屈託のない笑顔で流されてしまったのだ。

すっかり彼のことを信用しきっていた。

信用しすぎて、彼から連絡がくるに違いないと確信してしまったのだ。単純すぎるミスだ。彼は恐らくノルマかなにかの数字を取り、俺の役目は終わったのだろう。

俺はふうーと大きな溜息をついた。

思ったより落胆している自分がいた。

人を信用しすぎるとこういう目に合う。

彼は俺にとっての〝当たり〟ではなかったということだ。

でもしょうがない。ビジネスの世界では彼のほうが上手だったということだ。

俺は、負けたんだ。

ふと、先輩の顔が浮かんだ。

『おまえ、挫折なんて経験したことないだろう』

あるに決まってるだろう。

俺は奥歯を食いしばった。

「うっかりこんな会社《とこ》に入っちまったことだよ」

「えっ」

目の前の席の鈴木が、目を丸くしてこちらを見た。

「いや、何でもない」

俺はパソコンのキーボードに視線を落とした。

だからこそ、俺はこんなところで埋もれるわけにはいけない。

もっともっと上へ行って、見返してやる。先輩のことも、俺に内定を出さなかった企業のことも、俺を振った元カノも、大企業に就職したヤツらも。

俺はもっと偉くなる。そのためにはまず、与えられたこの場所で結果をださなくては。結果をだして、昇進して、職場環境を変えてやる。

『今のおまえには、無理だよ』

あの日の先輩の声が聞こえた。

俺は決して、先輩のように逃げたりしない。

そのためには、結果を残さなくては。必要とされる戦力にならなければ。一番であり続けなければ。それがひいては、同僚のためにもなるんだ。

だから、しょうがなかったんだよ。

おまえは、営業には向いてなかったんだよ。

それは確かだったんだ。だから、俺がフォローしてやらなきゃ。

俺が、俺が、いつか俺が、この環境を変えてやるから。

だから、俺は、俺だけは、部長の期待に応え続けないと。

数字を伸ばし続けないと。

だから、だから、しかたなかったんだよ。

「うっ……」

また胃が痛んだ。慌ててトイレに駆け込み痛み止めを飲んだ。

ストレスで病気になるなんて、人体はなんて脆《もろ》いんだ。自分がこんなに脆かったとは。でも、辞められない。あんなことまでしたんだ。してしまったんだ。

俺は決してここを辞められない。

俺は決してここから、逃げてはいけない。

「五十嵐さん、二番にお電話です」

トイレから戻ると鈴木に声をかけられた。淡い期待が一瞬にして胸の中に沸き踊った。

「誰？」

「ヤマモト様です」

瞬時に受話器を取った。

「はい、五十嵐です！」

「おお！　今日は一段と元気そうで！　よかったよかった」

何も変わらない声に、ホッとした。

「すみません、こちらからお電話差し上げようと思ったのですが……」

「俺の連絡先、教えてなかったですもんね」

「そうなんです。こちらの不手際で、申し訳ない」

「あれから行きました？」

「はい。病院ですよね？」

「いや、食堂」

「え？」

「あの食堂、行きました？」

「え、ええ。実は、けっこうな頻度で通っていまして……」

「ええ店やったでしょ？」

「はい、とても」

「じゃあ、今日一緒にいかがですか？」

「いいですね！　では七時頃でいかがでしょう」

「じゃあ七時に、今日は現地集合で。あ、直帰でね！」

「かしこまりました。では七時、ちょうどくらいになるかと思いますが、伺います」

「はーい。ほんなら、また後で」

笑顔が見えるような返事を残し、彼は電話を切った。俺は心なしかウキウキしながらホワイトボードに19時会食・直帰と書き込んだ。

振り返ると、また鈴木と目が合った。鈴木はすぐに目を逸《そ》らした。ただ、ほんの少し、微笑んでいたような気がした。


「五十嵐さーん」

店前でヤマモトさんが手を振った。

「すみません！　ギリギリになってしまって……」

「いえいえ、じゃ、入りましょか」

俺は「はい！」と慌てて前に入り込み、扉をガラガラと開けた。

席に着くといつものおばさんが水を持ってやってきた。

「俺、カツとじ定食。五十嵐さんは？」

「ええと……魚……あ、焼きサバ……」

　さすがに粥は頼みにくいと思った。

「ここ粥ご膳ってあるんですけど、食ったことあります？」

　ヤマモトさんが俺に笑顔を向けた。

「あ、はい……。実はいつもそれを……」

「じゃあ、彼に粥ご膳。卵は？」

　どうやらヤマモトさんも食べたことがあるらしい。

「じゃあ、卵粥でお願いします」

「はいよ」

　おばさんは相変わらず不愛想に去って行った。

「ヤマモトさんは、カツとじ定食がお気に入りなんですか？」

　彼はニカッと笑った。

「カツ丼のほうが安いけど、ここ小鉢もおいしいでしょ？　定食やったら小鉢ついてくるから、それが食いたくて」

　そう言うと彼はハッとしたように「あっおばちゃん！」と呼びかけた。

「俺、煮びたしかお浸しがいいな」

「今日は小松菜。もう載せてあるよー。兄ちゃんいつもそう言うから」

笑いながらそう答えたのは、カウンターで一杯やっていた常連客だった。

「そういうリクエストもできるんですね」

俺はなんとなく小声で訊いた。

「常連の特権やね」

ヤマモトさんはニカッと笑った。

「ここのおばちゃん、こう見えて気配り細やかだからな」

常連らしい隣のテーブルのおじさんが、ヤマモトさんに話しかけた。

「粥ご膳は、胃に優しい、消化にいい食べ物ばっかり小鉢で出すんだ。だいだい胃を休めたいヤツが頼むからな」

「その割には量が多いけど」

また別の客が言い、店内にいた他の客も笑った。ヤマモトさんも、いつもの笑顔でケラケラ笑っていた。

結局、その日も仕事の話はしなかった。しようと思えばできたのかもしれない。けれど、俺は多分、それをしたくなかった。今の、まるで友人のようなこの空気感を壊したくはなかった。もっと信頼関係ができてから、それからでも遅くはない。そのほうが後々やりやすくなる。そんな理由を幾つも並べて、俺は最後まで仕事の話を切り出さなかった。

　小一時間の夕食を終え、彼はいつものように帰った。支払いは俺がしようと思ったが、彼が譲らず割り勘となった。友達っぽい空気を壊したくない。俺はここでもそう思った。


　それからも、何度か彼とここで夕食を共にした。

　その後あの公園に行き、あのミュージシャンの曲を一緒に聴いたりもした。

　何度目かの後、公園でおもむろに彼が言った。

「五十嵐さん、すごいね」

「何がですか？」

　ヤマモトさんは白い息をはあーっと吐いた。

「仕事の話、せえへんのやね」

　俺は息を呑《の》んだ。とうとうこのときが来たのか。これで、この人とは完全に『仕事上の関係』となってしまう。

「……必要があれば、ヤマモトさんから申しつけていただけるかと……」

「営業の人で営業せえへん人、初めて会ったわ。これはこれで逆に気になるもんやね。数字大丈夫なんかなって。五十嵐さん、いい人やから」

心臓がチクリと痛んだ。

「そんなこと……」

いい人。そう言われることが嬉しかった。これまで実際顧客にそう思わせて数字を取ってきた。いい人と言われるたびに「しめた」と思った。

この人に『いい人』と言われることが、こんなに苦しいとは思わなかった。

「押しつけがましくもなく、人柄で数字取れるってすごいと思うよ。営業マンの理想やない？」

「いえ、僕はそんなことは……」

俺はそんな人間じゃない。あなたが思っているような、いい人ではない。

初めて、受注を取りたくないと思った。この人と仕事の話なんて、したくない。営業トークなんて、したくない。嘘《うそ》で塗り固めた顔で、いかにも友人ですみたいなフリして笑いたくない。数字のための、偽の友人ごっこなんて、したくない。

この人は、いつもこんなにも、真っすぐ俺を見て笑ってくれるのに。

「次は、俺の職場で仕事の話でもしましょうか」

ヤマモトさんが優しく微笑みを浮かべて言った。

ああ、敬語になってしまった。最近ではもうすっかりタメ口で話してくれていたのに。本当の友人のように、気の置けない関係になれるかと思っていたのに。

「……何卒《なにとぞ》、よろしくお願いいたします」

俺は、ヤマモト様に深々と頭を下げた。

冷たい風が、俺の体を骨の髄から凍りつかせた。


数日後、ヤマモトさんの勤める病院に併設されたカフェへ行った。

大きなクリスマスツリーの真横の席に座ってヤマモトさんを待っていると、彼は三十代くらいの男性を連れて現れた。

イベント会社を立ち上げたばかりの若社長だと紹介してもらった。「俺より大きい数字になるでしょ」と俺に耳打ちして、ヤマモトさんは立ち去った。

その後、社長と打ち合わせを行った。ニューイヤーイベントを告知するフライヤーを早急に作りたいということだった。

「カウントダウンまでは別の会社に頼んでたんですけど、そこ元々安くないのに更に値上がりしちゃって。大急ぎで新しいところ探してたんですよね。今回紹介してもらえて助かりましたよー」

「弊社では、できる限り企業様に寄り添ったご提案をさせていただきます」

にこやかな空気の中、楽し気なジングルベルをBGMに、俺は、営業で培った笑顔を顔に張りつけていた。


prprprprprpr……


遠くでアラームが鳴っていた。

ああ、起きなきゃな。

そう思ったっきり、記憶が途切れた。

暗い部屋の中、はっと目を覚ました。

カーテンを開けると、外は薄暗かった。

「四時半……」

一瞬、朝かと思った。

窓の外から、子供がはしゃぐ声が聞こえてきた。そしてそれをたしなめる大人の声。

大晦日《おおみそか》の十六時半。大掃除もせず薄暗い部屋に一人でぼうっとしている自分が、随分と滑稽に思えた。

「こんなに寝たのか……」
重い体を引きずるように、なんとかベッドから立ち上がった。
まるで泥の中でも進むように、体の周りを得体の知れない何かが包んでいた。
疲れが体の中に蓄積しているのがわかった。
最初は腹の下のほうに、それが積もり積もって、今は首の下まできていた。
もう数時間で新しい年が始まる。
けれどそれも俺には大した意味のないことだった。
何かが変わるわけでもない。特にしたいこともない。
新しい年だからと言って、希望が見えるわけでもない。
俺にとっては、何の変哲もない一日が始まるだけだ。
最近、また眠りが浅い。そのくせ、今日のように突然深くなる。
抗《あらが》えないほどの深い眠りに引き込まれることがある。
たまに思う。
いつか、このまま目覚めなくなるのではないか――
どれくらい経ったのか、気がつくと薄暗かった部屋は、真っ暗な闇に包まれていた。
その間、俺はぼうっとテーブルの前に座ったままだった。

俺は重い腰をよいしょと上げ、明かりをつけた。

蛍光灯のうるさい光に思わず目をしかめた。

スマホを見ると、実家から着信が入っていた。きっと今年の正月は帰らないのかという催促だろう。そういえば一昨年の正月以来、実家には顔を出していなかった。

そろそろ一度くらい顔を出さなければ、とは思うが、ここまで帰っていないとかえって帰省するタイミングを失ってしまう。そもそも、都会に出たものは都会の人間として頑張れ、というどこか割り切ったような両親だったし、俺としてはそのドライな距離感に助かってもいた。

それでも一応『今年は帰れない。良い年を』とだけメールを打った。

すぐに母から『それは残念。良いお年を』とあっさりとした返事がきた。

「せめて、蕎麦《そば》くらいは食うか」

俺はノロノロと着替えると、コートを羽織った。

歩いて三分の場所にあるコンビニの中には、大学生らしき若者が数人いた。

「おまえ、蕎麦食った？」

「家で食ってきた」

「俺、まだなんだけどー。おまえは？」

「俺も食ったよ」

「マジか。一人でカップ蕎麦とか、俺寂しすぎねえ？」

「え？　俺家でもカップ蕎麦だったよ」

「マジかよー」

「食えよ。年越しだぞ」

「まあなー」

「俺も蕎麦くうぜ」

「おまえもう食ったろ」

「いいじゃん、二回食っても。カップ蕎麦と手打ち蕎麦の食い比べ」

「手打ちが旨《うま》いに決まってるだろ。比べるまでもねえよ」

「俺も食う」

「おまえカップ蕎麦だったんだろうが」

「いいじゃん。カップ蕎麦の食い比べ」

「いいな、それ」

「どこで食う？」

「俺ん家《ち》でいいじゃん」

「おまえん家寒いんだよなー」

「すきま風が」

「すきま風言うな！　そんなボロくねえわ！」

「しゃーねえ、ボロアパートで食うかー」

「だから、ボロくねえから！」

背中でそんな眩しい声を聞きながら、俺は何も買わずにコンビニを後にした。

懐かしい。

俺もこんなんだったな。実家暮らしのヤツと、一人暮らしのヤツと。

大学では多くの友人ができた。一人暮らしの俺の家には、いつも誰かが居座っていて、そのうちに彼女もできて、一人きりの時間などないほどだった。

大学生だった四年間、寂しいと思う隙間すらなかった。

ふと、あの定食屋へ行こうかと思った。だが、さすがに大晦日は休みかもしれない。

目の前まで行って閉まっていたら、もう歩けなくなるような気がした。そしてそのまま、泥の奥底まで沈んでしまいそうな気がした。

そんなことを思っていたのに、気がつくと定食屋の前まで来ていた。

「開いてる……」

店にはいつものほんわりとした明かりが灯《とも》っていた。どこか温かいその光は、まるで「おかえり」というように、真っ暗な道に窓の形そのままに漏れ出していた。

大晦日なのに。大晦日まで、あのおばさんは働いているのだろうか。

ここはきっとあの人の店なのだろう。家族はいないのだろうか。いつも料理場で手伝いをしていたのは、おばさんよりいくらか年の若そうな男で、とても夫婦には見えなかったし、かと言って息子にも見えなかった。大晦日の今日は一人で営業しているのかもしれない。

定食屋の扉に手をかけて、それを開けずに踵《きびす》を返した。

あの温かい空気に、今触れてはいけない気がした。

足早に歩きながら、確信した。

俺は、寂しいんだ。

二十八にもなって、今どうしようもなく寂しいんだ。

必死に働いてきた。全てを犠牲にするほど仕事に打ち込んできた。

あんなに頑張ったのに、頑張って生きてきたつもりなのに、それなのに俺は大晦日にたった一人きりで、寂しさしか感じていない。

何度か通っただけの定食屋に温かさを求めてしまうほどに。

今の俺には、何もない。

公園の中をふらふらと歩いた。歌声がした。

「大晦日まで歌ってるのか……」

ミュージシャンはいつもと変わらず切なげな声を震わせていた。

通りすがりに、ギターケースの中に四つ折りにした千円札を落とした。

彼と目が合って、彼は歌声を止めることなく目で礼を言った。

そのままぼうっと歩いていると、さきほどのコンビニ前まで戻ってきた。店内へ入り、さっき買わなかったカップ蕎麦を手に取った。

部屋に戻ると湯を沸かし、蕎麦をすすった。

さっきの若者も同じようにカップ蕎麦を食べているはずだ。けれど今の俺とは全く違う感情を抱いていることだろう。

仲間とワイワイ言い合いながら食べる飯は何でもうまい。カップ蕎麦が手打ちの十割蕎麦に負けないほどのご馳走《ちそう》になる。

俺が今すする蕎麦は何の味もしない。柔らかいゴムを食うのと大差ない。

そのうちに、年が明けた。

テレビからは華やかな声がする。浮かれた声は道路からも漏れ聞こえてくる。

部屋の隅に積みっぱなしになった、ネット書店の段ボール箱が目についた。

中身は定期購読している文芸誌や気になっていた話題の小説。学生時代はフットサルチームと同時に文芸サークルにも所属していた。大抵のヤツは書いていたが、俺は書くことではなく読むことが好きだった。サークルのヤツらが書いた文章を添削することも多かった。文芸の編集に憧れた時期もあった。けれど、趣味は趣味のまま楽しみとして傍《そば》に置いておこうと思った。

社会人になると、予想していたよりも時間と体力を奪われ、フットサルからは足が遠のいた。しかし読書は趣味として、自分を癒やす時間となっていた。

明日も休みだ。ゆっくりと趣味に時間を費やすことができる。

それなのに、この段ボールを開くことがちっとも楽しみじゃない。

届く度に胸を弾ませ、次の休みを待ち焦がれていたのに。

今はもう、驚くほどこの段ボールの山に何の感情も抱かない。

頭にもやがかかったように重い。とにかく眠い。

首の根元まで溜《た》まった疲れが、今にも口から溢れだしそうだ。この休みの間にそれを少しでも腹の底に近づくように押し込まないといけない。

「寝よう」

俺は再びベッドへ潜り込んだ。

胃の調子は治ったのに、この気分の落ち込みようはなんだ。

この寂しさの原因はなんだ。

その理由はなんとなくわかっていた。

でもそれに気づかないようにしていた。

とうとう連絡先を聞くこともないまま、ヤマモトさんからの連絡は途絶えていた。

短い正月休みが開け、早くも二週間が経った。ヤマモトさんに紹介してもらった社長のおかげもあり、受注成績はまずまずだった。

「五十嵐、ようやく調子が戻ってきたじゃねーか。長かったなー、ブランクが」

部長が俺の肩をバンと強く叩いた。

「ありがとうございます」

治ったはずの胃が、チクリと痛んだ。

「それにしてもよう、五十嵐に続くヤツが出てこねえなあー。鈴木ぃ――、おまえ去年から何してた？　ずーっとおうちで寝てたのか？　ああ？」

鈴木は休みが明けてからの二週間、ずっと休みを取っていなかった。朝も誰より早く出社していた。

「鈴木、大丈夫か？　気にするなよ」
肩にポンと手を置くと、鈴木は青白い顔で力なく「大丈夫です……」と呟いた。
大丈夫。大丈夫。大丈夫。
毎日、耳にするこの言葉。
毎日、口にするこの言葉。
本当の意味で使っているヤツはどれくらいいるのだろう。
「本当は大丈夫じゃないだろう」
今、鈴木にそう言ってやりたい。
でもそれを言って、何になるんだろう。
鈴木はきっと「大丈夫です」と繰り返すだけだ。
鈴木はもう限界だ。鈴木だけじゃない、この部署の誰もが常に限界と戦っている。
俺はいつまで経っても昇進しない。いくらトップを走り続けても昇進しない。
ヤマモトさんからの電話もこない。
最近の部長は荒れていた。毎月一度行われる会議の前はいつもこうなる。
『上に行けば、更に強力な力がある。それに抑え込まれるだけだ』
先輩の言葉を思い出した。

先輩は、何が必要だと言ったんだっけ。

『変えるには、変化が必要だ。変化するための、変化。起爆剤だ』

そう、だから俺がそれになりたかった。

『今のおまえには無理だ』

先輩の言葉が、俺を締めつける。呪縛のように、締めつける。

『おまえはあの歯車から抜け出せない』

そんなことない。俺にはこの職場を変えるだけの力がある。

俺にだって、この世界を変える力があるんだ。

でも、あれから一度も、ヤマモトさんからの電話はきていない。

プルルルと外線音の電話が鳴った。

俺は飛びつくように受話器を取った。

「お電話ありがとうございます！　………………はい、はい、少々お待ちくださ い」

その電話を部長へと回し、俺は部屋を出た。

もう、ヤマモトさんからの電話は、くることがないんだ――

非常階段の扉を開けると、階段の手すりに寄りかかった。

見上げた空は青く澄み渡っていた。まるで、あの人のマフラーの色ように。

そういえば、アイツもあんな空色のネクタイをよくしていた。

『僕には、世界を変えることはできません！』

ふと、アイツの言葉を思い出した。

『それどころか、この会社ひとつ、この部署ひとつ、向かい合う人間ひとりの気持ちすら変えることのできない、そんなちっぽけで何の取り柄もない人間です』

あのときのアイツは、どんな顔してたっけ。

そうだよ、アイツはわかってたんだな。

俺なんかよりもずっと、わかってたんだな。

俺には、それを認める勇気がなかったよ。

そんなこと言う勇気は、持てなかったよ。

すっきりした顔してたな。

今ごろ、どこでなにしてるかな。

本当は、あのとき俺が辞めるべきだったのに。

俺は最後まで、謝ることすらできずに。

『頑張れよ』なんて、先輩面した上辺だけの言葉であいつを見送った。

「五十嵐さん……？」

振り返ると、鈴木が心配そうな顔で俺を見ていた。

「五十嵐さん、大丈夫ですか……？」

鈴木、おまえが言うなよ。おまえが俺を心配してどうするんだよ。

先輩《おれ》が後輩《おまえ》に心配かけてどうするんだよ。

「鈴木……」

大丈夫だ。俺は、大丈夫だよ。

「ごめん……」

温かいものが頬を伝っていた。

視界が歪んで、その中に鈴木の顔がぼんやりと映った。

ああ、ごめん。ごめんな。

情けない先輩でごめんな。

こんな情けない姿を見せて、ごめんな。

「俺、もう、大丈夫じゃないのかもしれない……」

青山、おまえが今どこかで幸せに暮らしてるって、どうしても信じたい。

なんて、そんなことを思う俺は、どれほど自分勝手な人間なんだろう。

それからさらに二週間が過ぎた、休日のことだった。

手つかずのまま積み重なっていた、書籍が送られてきた際の段ボール箱を無心で潰していると、母から大晦日以来のメールが届いた。

『あんた風邪ひいた？』

あまりに唐突な内容に思わず眉をひそめた。

「なんで急に……」

俺は『ひいてない。なんで？』と返した。

『夢みたから』

短い返信に、思わず笑った。

「予知夢かよ。やめろよ」

何て返信しようかと考えていると、珍しく続けてメールが届いた。

『コール電ういーくはどう』

「は？」

一体なんの暗号だ。コール電……電話しろってか？

するとプルルルと着信が鳴った。

「はい？」

「あ、もしもし、諒《りょう》？」

「俺以外に誰がでるんだよ」

「お母さんやけど」

「わかってるよ」

「ゴールデンウィークがどうしても打てんのよ。何回やっても変になる」

ああ、なんだゴールデンウィークか。

「それが、どうかした？」

「あんた、ずっと帰ってこんから。ゴールデンウィークは？　また仕事あんの」

「なんでちょっと怒ってんだよ」

「怒ってないよ。けどそろそろお父さんが怒るよ。いい加減顔みせんと」

「まだ二月なのに、ゴールデンウィークって……」

気が早いにも程があるだろう。

「すぐよ、すぐ。今からお休みくださいって言っといたら？」

母はあっけらかんと続けた。

バイトじゃないんだから……。

「……まあ、考えとく」

「うん、じゃあお母さん、今から美容院いかなあかんから」

知らねえよ。そっちがかけてきたんだろ。俺は苦笑した。

「はいはい、じゃあね」

「ゴールデンウィーク帰って来るってお父さんに言っとくよ」

「えっ！　言わんでいいよ！　まだわからんから、ホンマに！」

「あらよかったー。アンタまだ関西弁しゃべれるわ」

あまりのマイペースさに俺は言葉を失った。母は俺にいくつか言葉をかけた後、あっさり「じゃあね」と電話を切った。

「……しゃべれるに決まってんだろ」

スマホをパタンと床に置き、呟いた。

きっと両親は、俺にはもう一切地元に戻る気はないと思っているんだろう。

実際にそう思っていた。だから両親が「俺には帰る気がない」と思ってくれていることがありがたかった。「帰ってこい」と言われないことが、ラクだった。

両親は良くも悪くもマイペースで淡泊で、あまり感情をあらわにしない人だった。

「そろそろ怒るよ、か……」

そうか。俺は、あの人たちを怒らせるほど我慢させていたのか。

「気づかなかったなあ……」

俺は床にゴロンと寝転がって、真っ白な天井を眺めた。


その夜、大晦日以来足が遠のいていた定食屋を、久しぶりに訪れた。

おばさんがいつも通り水を持ってきた。

「ええと、カツとじ定食で」

一瞬の間があった。

「治ったの？」

「えっ？」

おばさんは、いつも通り愛想のない顔をしていた。

「胃の調子、戻ったの？」

俺も一瞬、息を呑んだ。

「はい、おかげさまで」

「よかった、よかった」

そう言ったおばさんは、驚くほど嬉しそうに笑っていた。

「カツとじね」

その笑顔に、俺も驚いた顔をしていたのだろう。

隣のテーブルにいた常連客の男が、声を潜めて俺に話しかけてきた。

「あの人、人見知りの上に照れ屋だから。客商売むいてないよっていつも言ってんだよ。でもここ結構はやってるだろ？　人生ってわかんねえもんだよなあ」

男はニヤッと笑った。

「そうですね」

俺はまだ少し驚いたまま、その男性に答えた。

「まあ、めちゃくちゃうまいってわけじゃないけどな。家みたいな味で。だからかな、毎日食っても飽きがこねえのは。居心地も悪くねえだろ？」

「はい、すごく心地いいお店です」

男は、よっこいしょ、と立ち上がると俺に近づいた。

「胃なんてストレスだろ？　今の若いヤツは大変だな。治ってよかったな」

男はポンと俺の肩に手を置いた。

「でも羨ましいよ。今から何にだってなれるんだから」

ニッと笑ったその男は「ごちそーさん」と、くるりと背を向け立ち去った。
俺は黙って会釈をした。そのまま顔を上げることができなかった。
瞳の奥が熱を持っているのがわかった。
しずくが、古いテーブルの上にぽたりと落ちた。
優しい人たちだっているじゃないか。
きっと、今までだっていたはずなのに。
俺が気づかなかっただけじゃないか。
人の優しさを、見ようとしていなかっただけじゃないか。
俺は今、誰かの健康を心から祈れるだろうか。
目の前の誰かの幸せを、成功を、素直に祝えるだろうか。
目の前で嬉しそうに笑う人を、愛《いと》おしく思えるのだろうか。
俺は、これから誰かを、愛することができるだろうか。
未来のことはわからないけれど、これだけはわかる。
このままではいけない。
俺は、このままではいけない。
心が、コトリと音を立てて動いた。

ｐｒｐｒｐｒｐｒｐｒ……

布団から手を出して、アラームを止めた。

皮肉なもので、最近また寝起きが格段によくなった。

あれから毎朝、一番に出社している。

最後の日まで、これを続けようと思う。

「鈴木、ちょっといいか」

いつも通り、俺の次に出勤してきた鈴木を呼んだ。

鈴木は相変わらず青白い顔のまま「はい」と俺のデスクにきた。

「これ、おまえに引き継いでほしい」

俺は今までの経緯をまとめた報告書を、鈴木へ手渡した。

「ここって……」

鈴木が資料を見ながら呟いた。

「今勢いのあるイベント会社だ。受注も定期的にある。まだ若い社長だけど、パワーがあって良い人だよ」

「でも、僕には……」

鈴木は戸惑うように言った。

「今日アポがあるから、一緒に行こう。今から時間をかけて、信頼してもらおう」

「どうして、僕に……」

「おまえは真面目だから、信頼できるよ。何かあったら俺がフォローする」

鈴木は、明らかに困惑しているようだった。

「それでも、もし、もし限界だと思ったら、そのときは好きに生きろよ」

鈴木がハッとした表情で俺を見た。

俺は精いっぱいの笑顔を鈴木に向けた。

最初は本気で変えられると思っていた。

本当にそう信じていたんだ。

俺がいつかみんなを助けてやるんだと、心の底からそう思っていた。

でも、俺には何も変えられない。

俺にそんな力はない。

やっとそれを認めることができた。

でもそんな俺にも変えられるものがある。

俺が変えられるものは、ただひとつ。

「おまえの人生を変えられるのは、おまえだけだよ」

鈴木の顔が、歪んだ。少し、笑っているように見えた。

「青山がそう、俺に教えてくれたんだ」

俺の顔も、心から笑っているように、鈴木の目に映っているといい。

そう願った。

その日は初めてカウンター席へ座った。

「カツとじ定食で」

「はいよ」

相変わらずの、愛想のなさだった。

少し高いカウンターの椅子は、いつもと少しだけ違う景色を見せてくれた。

改めて古い店内を見渡し、しばらくして俺は口を開いた。

「もう、ここへは来れないかもしれません」

おばさんは、ちらりとこちらを見た。

「俺、来月には地元に戻るんです」

俺は独り言のように話し続けた。

「でもまだ親には言ってないんですよ。大学こっちで行かせてもらって金もかけてもらったのに、中途半端なままで帰ったら両親はがっかりするかもしれないなーって思うと、なかなか言い出せなくって……」

おばさんが俺の目の前に立った。

「はいよ、カツとじ」

黒いお盆が目の前に置かれた。湯気がふわっと鼻をかすめた。今日の小鉢は菜の花のお浸しだった。

「いただきます」

俺は割り箸をパキッと割った。

「親はね、子供がおいしくごはん食べてくれてりゃ、それで幸せ」

パッと顔を上げた。

おばさんはもう目の前にいなかった。

「ありがとうございます……」

少し洟《はな》をすすった。俯くとカウンターに染みを作ってしまいそうだった。

葉の花のお浸しは、ほろ苦く優しい春の味がして、カツはいつも通りうまかった。

おばさんはそれ以上何も言ってこなかった。

定食をキレイに平らげ「ご馳走さまでした」と箸を置いた。

おばさんはいつも通り愛想なくお盆を片づけながら、小さい声で「またおいで」と言った。

定食屋を出ると、いつも通り、あの公園まで歩いた。

珍しく、あのミュージシャンはいなかった。

その代わり、ふわりと風に舞う春の匂いがした。

見上げた空は、あの人のマフラーのように鮮やかな青で、細く伸びた桜の枝先には、いくつかの蕾《つぼみ》が膨らんでいた。

二月十七日（金）
米田圭吾の場合

遠いところでアラーム音が鳴った。

いつも通りに耳をつくその音は次第に大きくなり、徐々に意識が〝この世〟へと引き戻された。意識が戻ってまず感じるのは喉の不快。カラカラに乾いて張りつくように気持ち悪かった。ああ、下手したら風邪ひくな。まだ朦朧《もうろう》とした意識のままで、重力に引きずられるがままベッドから右足を下ろした。

「さあっむ……！」

体がブルッと震えると同時に、つま先がコツンと何かに当たった。ドサッと音を立てて文庫本の山が崩れ、狭いワンルームの床に雪崩《なだ》れるように散らばった。

それらを避けるように左足を下ろし、さらに右足を一歩踏み出すと、分厚い単行本の端を踏みつけた。

「いって……！」

固い単行本の角が土踏まずに刺さって思わず声を上げた。

俺は朝から深い溜息をつき、手でそれら本の山をざざーっと端に押しやった。

起きた後の行動は、もうパターン化されている。

まずヒーターをつけ、トイレに入り、次に歯を磨く。顔を洗って、ついでに髪を湿らす。出しっぱなしにしている二リットルのペットボトルに入った水をそのまま飲み、次に野菜ジュースを冷蔵庫から出し、これまたパックのまま、しかし口をつけないように飲む。買っておいた棒状のスナックパンをかじりながらヒーターの前で寝間着を脱ぎ捨て、温めておいた靴下とズボンを穿《は》きシャツを羽織る。二本目のスナックパンを取り、食べながらボタンを閉める。三本目のスナックパンをかじりながらネクタイを締める。ここで洗面台に移動する。さっき湿らせた髪は寝癖が取れ、いい具合に乾いている。軽くドライヤーをあて完全に乾かした髪をワックスでおさえる。ワックスでベタついた手を石鹸《せっけん》でしっかり洗い、ジャケットを羽織る。鞄を持ち、スマホの充電を確認した後コートを羽織ったらポケットへ突っ込み、革靴を履いて、家を出る。

ここまで約三十分。

「……やっぱ飲んどくか」

もう一度玄関ドアを開き、靴を脱いで部屋へ戻って風邪薬を飲む。プラス一分。駅前約五十メートルを小走りして調整した。

電車は相変わらず混んでいて、仕事も相変わらず忙しかった。

いつも通りの金曜日。いつも残業になりがちな業務を、今日はサクッと終わらせた。

「お先に失礼します」

主に上司の方へ向けてそう言うと、パソコンに目をやったまま「おお、おつかれ」

と上の空の返事があった。

「飲み会っすか？」

すれ違いざまに後輩が言った。

「ああ、まあ」

「なんか嬉しそうっすね」

「え、そう？ ちょっと久しぶりなんだよ」

後輩は「楽しんでください」と、ニヤリと笑った。

俺は「おつかれ」と、足早にエレベーターへ向かった。

スマホには三十分ほど前にメッセージが届いていた。俺は小走りで待ち合わせ場所へ向かった。

「おお、おつかれ」

五十嵐は、俺を見ると軽く片手を上げた。

大学で出会った五十嵐は、フットサルチームに所属していた。明るく人当たりが良く、俺とは違うグループの人間だと思った。しかし彼は、しばらくしてから俺のいる文芸サークルにも入ってきた。書く人間の多い中で、五十嵐は読む専門。確かな添削力と持ち前の人当たりの良さで、あっという間に文化系の俺たちにも馴染んだ。

約半年ぶりとなる再会は、ちょっと小洒落《こじゃれ》た肉バルにした。

五十嵐が「久しぶりに肉が食いたい」と言ったためだ。

そして良き友人との楽しい時間は、あっという間に過ぎた。半地下の店の階段を上がると、冷たい気温がせっかく温まった体の熱を一瞬で奪った。俺はスーッと歯の隙間から息を吸った。

「なかなかいい店だったな。肉もうまかったし。次どこ行く？」

五十嵐はそれに答えず立ち止まった。

「どうした？」

「ごめん、忘れ物したから取ってくるわ」

五十嵐は急いだ様子で店内へ戻っていった。

しばらく店の外で待っていたが、五十嵐はなかなか戻ってこなかった。しびれを切らした俺は、様子を窺《うかが》いに店内へ続く階段を下りた。五十嵐はレジ前にいた。

「え、会計？　なんで？」

俺が声をかけると、五十嵐は珍しく狼狽《うろた》えた表情を見せた。

「なんで戻ってきたんだよ！」

「いや遅いから、なんかトラブってるのかと思って。で、どうした？」

「いや、これはちょっと……」

五十嵐は顔をしかめ、苦虫を噛《か》み潰したような口元で言った。

「ちょっと……別テーブルの……」

「別テーブル？」

「ああ……まあ……職場の元後輩がいたから……」

「あっそうなの？　なら話してこいよ」

「いや！　いいんだ」

「どのテーブル？」

「いいんだよ！」

会計を終えた五十嵐は、俺に先立ってそそくさと店を出た。俺はレジ横に置いてあった伝票に、チラリと目をやった。結構な金額だった。ナンバーのところにC6と書かれてあった。飲食店でバイトしたことのある俺は、Cがカウンターの略であるとすぐにわかった。レジはカウンター席から見えないところにあった。店の中を覗くと、広めのカウンター席には女の二人組と男の二人組が座っていた。OLらしき二十代の女性二人組と、同じく二十代らしいスーツ姿と私服の男性二人組。それだけ確認すると、俺は五十嵐を追って店を出た。

「黙って金だけ出すのかよ。かっこよすぎだろ」

「そんなんじゃねえよ」

なんともバツの悪そうな表情に、俺はニヤリと笑った。

「女だろ」

「違う」

間髪《かんはつ》をいれず五十嵐が答えた。そして相変わらずバツが悪そうに、珍しくもごもごとした口調で続けた。

「なあ……おまえ、嫌いなヤツから奢《おご》ってもらって……嬉しい？」

「え？　なんで？」

「いや、べつに……」

「まあ、嬉しくはないかな」

「だよな……」

五十嵐はあからさまに落ち込んだようにがっくり肩を落とすと、はあーと深い溜息を吐いた。

「どうしたんだよ」

「いや……。何やってんだろ、俺……」

「やっぱ女だろ」

「違うって。そんなキレイな話じゃねえよ」

五十嵐は再び、はあーと大きな溜息を零した。


「おまえがここまで酔うのめずらしいな」

五十嵐を支えるようにしながら玄関を開けると、五十嵐はなんとか靴を脱ぎ、そのままキッチンのシンクにすがりついた。

「おい、そこで吐くなよ！　トイレいけ」

「大丈夫……あーこれ……水、くれ」

キッチンに出しっぱなしになっていた二リットルのペットボトルに、五十嵐が手を伸ばした。

「あ、ちょいまち。それ口つけてるから」

「別にいいけど」

五十嵐が家に来るのは本当に久しぶりだった。

今日も、五十嵐が珍しくこんなに酔わなきゃ来ることにはならなかっただろう。

「新しいのにしろ。だしっぱだし、腐ってたらやばい」

「冬だし大丈夫だよ。おまえはコレ飲んでんだろ？」

五十嵐が二リットルのペットボトルをグラグラ揺らしながら言った。

「俺は平気だ」

「どんな腹だよ。丈夫かよ」

こんなやりとりも、大学時代を思い起こさせる。

「そうでもねえよ。腹弱いほうだし」

俺は新しいペットボトルを段ボールから引っ張り出し、渡そうと振り返った。五十嵐は冷蔵庫を開けていた。

「特になんもねえだろ」

「……これは？」

五十嵐が冷蔵庫から野菜ジュースを取りだした。

「口つけてる？」

「それは一応、大丈夫」

グラスに入れているわけではなかったが、口はつけないように飲んでいた。

「野菜ジュースには気をつかうのな」

「なんとなく、野菜ジュースって腐りやすそうじゃね？」

「そうか？」

五十嵐の表情がなんとなく曇った気がした。

「水と比べてな」

俺がそう言うと、五十嵐は野菜ジュースをじっと見つめて「水と比べりゃ、だいたいそうだな」と言った。

「飲む？」

俺はグラスを一つ出し、シンクに置いた。

五十嵐は「ああ」と、それを手に取った。

「水、これ」

新しい二リットルのペットボトルの水も、シンクに置いた。俺は出しっぱなしにしていたペットボトルのほうに手を伸ばし、そのまま口をつけた。

五十嵐はグラスに新しいほうの水を入れ、それをじっと見つめた。

「それは腐ってねえよ？」

五十嵐はじっとグラスを見つめたまま「なあ……」と呟いた。

「なんだよ」

「俺、地元帰るわ」

五十嵐はさらりと言うと、グラスの水をゴクゴクと飲み干した。

「……そうか」

俺は空になった五十嵐のグラスに水を注ぎ足した。五十嵐はまたそれを飲もうとし、動きを止めた。

「悪いな」

それが、水を注いだことに対する礼なのか、地元に帰ることに対する謝罪なのか、わからなかった。

「……なにが？」

五十嵐は「……いや」と呟くと、黙って水を飲んだ。

地元に帰る。イコール、仕事を辞めるってことだ。

「親、元気なのか？」

「ああ、相変わらず」

そう答えた五十嵐は「あ」と何かに気づくと「そういうんじゃねーよ。別に、そういう理由じゃない」と続けた。

「いつ？」

俺の問いに五十嵐は「四月かな」と、ポツリと答えた。

あと一か月半てとこか。

「年度末まではいるのか」

「一応な。区切りだし」

真面目な五十嵐らしい、そう思った。

おもむろに部屋を見まわした五十嵐が、少し微笑んだ。

「……相変わらず、本が多いな」

「ああ。処分しないからいつのまにか増えてく」

「けっこう読んでる？」

五十嵐は水を飲み干したグラスに、今度は野菜ジュースを半分ほど注ぎながら言った。

「まああかな。前より減ったけど」

「偉いよ……」

そう言った五十嵐は、なんだか寂しそうだった。

「そうか？　おまえと違って無趣味だからな。出不精だし」

「立派な趣味だよ」

そう言って五十嵐は野菜ジュースもゴクゴクと飲み干し、丁寧にグラスを洗った。

「俺の寝る場所は？」

「あっち、かしてやる」

俺はベッドを指差した。

「いいよ、床で。毛布一枚だけかしてくれ」

「いいよ、俺が床で寝るから」

「おまえ、風邪気味だろ？」

五十嵐の視線がチラリとテーブルに向いた。

俺は、テーブルの上に風邪薬を出しっぱなしにしていたことに気づいた。

こいつは昔からこういうところによく気がつく。

「悪化して俺のせいにされちゃ嫌だし」

「しねえよ」

俺はベッドの布団を摑み「ほい」と床に放った。

「毛布でいい」

五十嵐は床の布団を摘まみ上げて言った。

「布団のがマシだろ」

「こんな薄っぺらいベタベタの布団より、毛布のがぬくい」

「ベタベタじゃねえわ。羽毛だぞ、一応」

俺は五十嵐が摘まみ上げている布団をひったくった。

「はい」

腑《ふ》に落ちない思いで毛布を差し出すと、五十嵐は「おお」と手を伸ばした。

そのとき、あることを思い出した。

「ぬくい……」

五十嵐とともに毛布を摑んだままで、俺はふふっと笑った。

五十嵐は訝《いぶか》し気に「ん？」と眉根を寄せた。

「ぬくい。もう普通にわかるわ」

俺がそう言うと、五十嵐は一瞬の後、「ハハッ」と声を出して笑った。目尻にくしゃっと皺を寄せて笑うその顔を、久しぶりに見た気がした。

俺たちは大学で出会った。出会った頃の五十嵐は上京したてで『ぬくい』が関西弁だと知らなかった。

関西出身のヤツはだいたい関西弁が混ざる中、出会った頃から五十嵐は完璧な標準語を話していたので、俺は五十嵐が関東の人間だとばかり思っていた。

「そういえば、あのときも布団だったな」

　俺の言葉に、五十嵐はまたくしゃっと笑った。

　あの頃、実家暮らしだった俺は、大学の近くで一人暮らしをしていた五十嵐の家に泊まることも多かった。秋口まではバスタオルで問題なく眠れた。肌寒い季節になった頃、五十嵐が薄手の毛布を俺に放り投げて言った。

「これ、ぬくもるよ」

「え？」

　全く意味がわからなかった。五十嵐はしれっと言いなおした。

「それ、けっこうぬくいから」

「え？」

「は？」

　五十嵐は眉間に皺を寄せて俺を見た。俺がふざけていると思ったのだろう。

「ぬくいって、温かいって意味？」

　真面目な顔でそう尋ねた俺を、五十嵐はしばらく無言で見つめた。

　そしてプイッと顔を逸らすと、気まずそうに「ぬくいって言わないの？」と呟いた。

　当時少し長めだった茶色い髪から覗く耳が、赤く染まっていた。俺は爆笑した。

「おまえ、あのときなんで滋賀《しが》出身って隠してたの？」

「べつに隠してねえよ」

「琵琶湖《びわこ》の形、正確に書けんだろ？」

「当然だわ！」

五十嵐が言って、二人で声を上げて笑った。

ぬくい、その言葉の意味もすっかりわかるようになった。

「しょうがねえから、エアコンつけてやるよ」

俺は本の隙間に埋もれていたリモコンを掘り出した。

「いつもつけねえの？」

「電気代高いだろ。いつもはあっち」

俺は小さなヒーターを指さした。

「さむそ」

五十嵐はブルッと身震いした。

「ビンボー地方公務員なめんなよ」

「同じくらいあんだろ？」

「あほか。おまえのが稼いでるわ絶対」

五十嵐は苦笑いした。

「でも、将来は安定だろ。すぐ俺の収入なんて抜かしてくよ」

「どうだかなー」

「それで、どこで寝りゃいいんだよ」

五十嵐は毛布を持ったまま、足元を見まわした。

「その辺にスペースあるだろ。本避けろよ」

「片づけとけよ」

「急に来るからだろ」

五十嵐はブツブツ言いながら、山程ある本を部屋の隅に押しのけた。

「まだ、書いたりしてんの？」

ふと、思い出したように五十嵐が言った。

「いや、もう全然。読むだけ」

「もう書かねえの？」

五十嵐は空いたスペースに毛布を敷いて、それにくるまるように寝転がった。

「そうだな。電気消すぞ」

「ああ」

暗闇に包まれた部屋の中、五十嵐がポツリと言った。

「俺、おまえの書く話、けっこう好きだったけどな」

「へーえ」

俺にとっては、もう遠い昔のことだった。

ちょっとした沈黙の後、五十嵐が再び口を開いた。

「そういや、誰かん家の床で寝るとか、すげー久しぶり。背中いてえ」

「だから布団貸すって言ったのに」

そういえば俺も、誰かを家に泊めるのなんて久しぶりだ。

「あの頃はよく五十嵐の家に泊まってたな。一人暮らしが羨ましくてしょうがなかった。今はめんどくさいけどな」

地元がこっちの俺は実家暮らし、上京組の五十嵐は昔、これより狭い安アパートに住んでいた。そこによく泊めてもらっていた。

あの安アパートは、俺にとっては自由の象徴のようなものだった。

五十嵐が「あの頃ってさ……学生の頃」と口を開いた。

俺は暗闇の中「うん」と相槌《あいづち》をうった。

「あの頃は、誰かの部屋の床で雑魚寝《ざこね》とか普通だったよな。一人暮らしで予備の布団持ってるヤツなんていなかったし」

「そうだなあ。よく床であんなに熟睡できたよな。若かったわ」

まだそう遠くない過去なのに、もう何十年も昔の出来事のような気がした。

「冬とかどうしてたっけ？　真冬でもおまえら家《うち》に泊まってたろ」

懐かしく、輝かしい時代だった。

「ああー、おまえこたつ買ってなかった？　さすがに布団なしではみんな風邪ひくからとか言って。確かそれでカーペットも敷いたよな」

五十嵐は、当時から優しいヤツだった。

「あーそうそう。そういや、買ったな。よく覚えてるな」

「泊りに来るヤツらのために、わざわざこたつ買ってカーペット敷くとか、一人暮らしで金ないくせに、面倒見のいいヤツだなと思った記憶がある」

「まあ俺自身も寒かったからな」

五十嵐はフフッと笑った。

「もうないんだっけ？　あのときのこたつ」

「そういや、捨てたわ。引っ越しで、邪魔になって。エアコンもあるしな」

五十嵐は社会人になる前、仲間の誰よりも早く、安アパートからマンションへと引っ越した。小綺麗《こぎれい》になった部屋に、大きなこたつは邪魔だったのだろう。新しい五十嵐の部屋には、こたつの代わりにおしゃれなソファが鎮座していた。

「なんか、ちょっと残念だな」

「……そうか？」

「毛布、さむくねえ？　エアコンの温度上げる？」

五十嵐はそれには答えなかった。寝てしまったのかと思い、俺も黙って目を閉じた。

しばらく静寂が続いた後、再び暗闇から呟くような五十嵐の声がした。

「おまえ、仕事楽しい？」

「……楽しいと思う？」

「だよな」

五十嵐がフフッと笑った。

またしばらくして、五十嵐の「なあ……」という声がした。

「うん？」

「働くって、難しいな……」

五十嵐がこんな弱音を吐くのを、俺は初めて聞いた。

「俺……いつからこんなんなったんだろうな……」

「……こんなんって？」

「こんな……」

五十嵐の声はそこで止まった。

俺もそれ以上話しかけることはしなかった。

五十嵐が声を殺して泣いていることが、空気を通して伝ってきたからだ。

俺の存在が気になるだろうかと、俺はわざと布団を動かし音を立て、五十嵐に背を向けた。五十嵐が身動きする気配はなかった。

五十嵐は中小の印刷会社にいた。営業成績はトップだったらしいがブラック寄りの企業だったらしく、本人はもう少し条件の良い会社に転職したいと言っていた時期もあった。

俺は五十嵐なら転職はそう難しくないだろうと思っていた。こいつは学生のときから成績優秀、スポーツ万能、人柄も申し分なく、何をやっても器用だった。ついでにイケメンで女にもモテた。

同業他社に転職するならわかる。まったく畑違いの職種を目指すのも悪くないだろう。けれど地元に戻るというのは、なんというか、予想外の決断だった。

しばらくして五十嵐の寝息が聞こえ、ほっとした俺の意識も途切れた。

翌朝、五十嵐は俺より早く目を覚まし、コンビニで朝飯を調達してくれていた。新しい野菜ジュースまで買い足してくれているところは、五十嵐らしい、律儀なところだなと思った。

「なんで地元に戻ろうと思ったんだ……?」

朝飯を食いながら、俺は五十嵐に尋ねた。

「なんていうか……俺、野菜ジュースだったんだなって気づいたから」

五十嵐はグラスの野菜ジュースを眺めて言った。

「どういうことだよ」

「腐りやすかったってこと」

「え?」

「手軽に栄養採れるぞって優秀な顔してるけど、腐りやすい」

「ええ?」

「とっくに腐ってたのにずっと気づかず飲んでた。いや、飲ませてた。いかにも体に良いですってフリして、騙《だま》してさ。腐った野菜ジュースなんて、飲まされたヤツたまったもんじゃねーよな」

「やべえ、話が全然みえねえ」

俺は苦笑いしながら、五十嵐が買ってきてくれたコロッケパンの包みを開けた。

「そうだよな。ま、おまえは大丈夫だよ」

「なにが？」

五十嵐はツナパンを袋から取り出した。

「おまえは水だから」

「水？」

「口つけられようが、常温に放置されようが、腐りにくいってこと」

二人でパンをかじった。

「……それ、ほめてんの？」

「ほめてるほめてる」

五十嵐が笑いながら言った。

「水なあ……」

俺は食いかけのコロッケパンをテーブルに置き、インスタントコーヒーでも淹《い》れてやろうと、台所にある小さめのティファールのスイッチを入れた。これは五十嵐が新しいものに買い替えるときにくれたものだ。重宝していた。

「でも気をつけろよ。水だって、腐るときゃ腐るんだ」

後ろから五十嵐の声がした。

「え、今度はディスってんの？」

「違うよ。一応、心配してる」

五十嵐はやっぱり笑いながら言った。

「それは、どうも」

「たまには気遣ってやってよ。水も」

「おう……。なあ、やっぱよくわかんねーんだけど。言ってる意味が」

俺はコーヒーを淹れたカップを二つ、テーブルの上に運んだ。

「もうおまえくらいだろ？　学生のときから途切れずつるんでんの。せめておまえの前くらいでは、新鮮な野菜ジュースのフリさせといてくれ」

五十嵐は澄ました顔でコーヒーカップに口をつけた。

「いやもう、朝から比喩が多いわ。何だよそのノリ。いつからそんな中二の文学少年みたいになったんだよ」

俺が呆《あき》れてコロッケパンをかじると、五十嵐はふふふと笑い出した。自分で言った言葉がおかしくなってきたんだろう。

「大丈夫かよ、おまえ……」

五十嵐はひとしきり笑った後、俺を見て言った。

「ああ、大丈夫だよ」

その表情は、どことなくスッキリして見えた。

その後、俺たちはなんとなくテレビを見ながらダラダラと時間を過ごした。

「地元帰ったら、俺もゆっくり本読もう」

部屋に積み上がった本を眺めて、五十嵐が言った。

「ああ。なんなら何冊かやるよ。餞別《せんべつ》」

「餞別は金でいいよ」

「で、て何だよ。貧乏人にたかるなよ。おまえのほうが稼いでんだからよ」

俺も改めて高く積み上がった本を眺めた。

「ま、でも引っ越すのに荷物になるわな」

五十嵐は座ったまま手を伸ばして、本を自分のほうへと寄せ集めた。

「いや、くれよ。二、三冊。帰りの新幹線で読むわ」

何冊かを手に取りながら、五十嵐は言った。

「いいよ。どれでも」

「選んでくれよ。餞別だろ？」

「面倒くせえな」

俺は「んー……」と唸《うな》りながら散らばった本を漁《あさ》った。おすすめと言われても、パッと浮かばなかった。

「……じゃあ、ま、四月までに選んどくわ」

眉間に皺を寄せる俺に対し、五十嵐は「楽しみにしとく」と微笑んだ。

翌日から、俺はちょくちょく本屋に立ち寄った。

本好きの悪いところで、好きな本は山ほどあるくせに、おすすめと訊かれると途端に迷う。どうせなら、その人の琴線に触れるものを選びたい。

五十嵐の新しい人生の門出を祝うような、そんな本を探したい。

俺は気になったタイトルを片っ端から買っては読んでを繰り返した。

しかし、どれもイマイチしっくりこなかった。

二週間後の休日、俺は街中にある大きな本屋に出向くことにした。

そこで、ある人物を目にした。

レジで支払いをしていた、俺より少し若いくらいの、中肉中背の男。

「どこかで会ったことあるな……」

自慢じゃないが、人の顔を覚えることは得意中の得意だ。ちょっとした特技と言ってもいい。

「あっ……そうだ、確か……」

あの日、肉バルのカウンターに座っていた男二人組の一人、私服だったほうだ。今日もあの日と同じような、カジュアルな大学生のような服装をしている。

五十嵐は、職場の元後輩だと言った。そして、恐らく内密に会計をしていた。

女のほうでないとしたら、きっとこの人たちだ。

男は、俺の目の前を通りすぎ、本屋から出て行こうとした。

「あの……、すみません！」

俺は思わず後ろから声をかけた。

「はい」

男が振り返った。

次の言葉を考えていなかった俺は焦った。

「えっと……あの……あ、僕、米田《よねだ》って言います」

男はキョトンとした顔で「はい……」と俺を見た。恐らく今、頭の中で一生懸命『知り合いリスト』をめくっていることだろう。

勢いで声をかけてしまったものの、どうすりゃいいんだ。

「あの、もしかして、五十嵐、五十嵐諒とお知り合いですか……？」

男は二、三度まばたきをしてから、俺を真っすぐ見据えて「はい」と答えた。

しかし、俺のほうがうまく言葉を続けることができなかった。

「えっと……、あの……」

口ごもりながら、これではまるで不審者のようだと思っていると、男のほうが口を開いた。

「五十嵐さんが、どうかされたんですか？」

心配しているような表情に見えた。どうも悪いヤツには思えなかった。

俺は覚悟を決めた。

「突然すみません。ちょっと今、時間ありますか？」

俺は本屋の正面にあるコーヒーショップを指した。

「あのとき会計してくれたの、五十嵐さんだったんですね！」

俺が事のあらましを話し終えると、コーヒーを飲んでいた彼の顔が、ぱあっと明るくなった。

「いやー、誰だろうって不思議に思ってたんですよ」

男は屈託のない笑顔を見せると「なんだ五十嵐さんだったのか。あーすっきりした」と続けた。

「いやー、そのとき一緒にいた友人と、あれ誰だったんだって犯人探し……あ、犯人じゃないか。ええと、何て言うんだろう……とにかく『その人探し』してたんですよ。友人なんて『どっかの女社長だ。俺が惚《ほ》れられたんだ』って言い張ってて。はは、おまえじゃなかったって教えてやろう」

男はそこまで言うと、ふっと口元を緩めた。

「そっか……五十嵐さんかあ……」

その表情は少し嬉しそうにも、寂しそうにも見えた。

「あ、俺、青山隆って言います。今は転職活動中っていうか、半分学生みたいなものなので名刺とかないんですけど。すみません」

男はペコリと頭を下げた。

「ああいや、俺は米田圭吾《けいご》です。五十嵐とは大学からの友人で……。あ、これよろしければ……」

俺は名刺を差し出した。彼は「どうもご丁寧に」とそれを受け取った。

「五十嵐さん、お元気ですか？」

「あ、はい。元気……元気にはしてるんですが……」

向かい合った彼の表情が、少し曇った。

「どうかされましたか？」

「あの、ちょっと最近様子が変で。元々落ち込んだり弱ってる姿を見せるヤツじゃなかったんですけど……。その、お店で会計したときとかも、なんかアイツすげー落ち込んでて。嫌いなヤツに奢ってもらったって嬉しくないよな、とかなんとか言っちゃって。元々外面が良いっていうか、強がりっていうか、弱みを見せないタイプなんで、どうしたのかなって」

「そうですか……」

青山さんは少し視線を下げた。

「ちょっと、会社にいたときに色々あったんです。でもそれは僕にもたぶん原因があって。五十嵐さんはきっと追い詰められていたところもあって。きっと今もそのことを気にされてるんだと……でも何があったかは、僕の口からは言えないです。すみません」

青山さんは真摯に話してくれた。

「五十嵐さん、僕が入社した頃からすごくお世話になったんです。部長に怒られるたびに飲みにつれていってくれたり、仕事もすごく丁寧に教えてくれて、ミスしたらフォローしてくれて……あの頃の五十嵐さんだって決して嘘じゃないと思うんですよ。でもその気持ちがだんだん変化していったことに、僕は全く気づけなかった。甘えてたんです。五十嵐さんは自分の味方だって。おんぶにだっこで甘え切ってたくせに、一人前になったつもりでいた」

その後に、きっと何かがあったんだ。

俺は黙って青山さんの話を聞いていた。

「僕は今、充実してるんです。こう言っちゃなんですが、前の職場にいたときとはくらべものにならないほど毎日充実しています。だから、もう誰のことも恨んでないし、誰にも責任を感じてほしくない。五十嵐さんとのことがなければ今もズルズルあの会社で働いていたかもしれないし、そう思うとゾッとします。だから、こういう言い方はおかしいかもしれないですが、辞められたのはある意味ラッキーというか、五十嵐さんのおかげでもあるんです」

そう言った青山さんは、とてもスッキリとした表情をしていた。

二十分ほど話をして、俺は改めて礼を言った。

「今日は突然声をかけてすみませんでした」

青山さんは「いえいえ」と顔の前で手を振り、突然ふふっと笑った。

「すみません。俺、知らない男の人からよく声かけられるなあって思って。女の人からはめっきりなのに」

「そんなこと、よくあるんですか？」

「まあ、二回目ですけど」

そう言って、彼はニコリと笑った。とても人の好《よ》さそうな青年だと思った。

「五十嵐さんは……」

そう言いかけて、青山さんは口をつぐんだ。

「やっぱり、いいです。いつか、時期が来たらこっちから会いに行きます」

「あ……」

俺は迷った。

五十嵐が地元に戻ることを伝えるべきだろうか。

いや、でもこれ以上俺がしゃしゃり出るべきではないような気がする。

そんな迷いを察したのか、青山さんが「どうかしましたか？」と俺に尋ねた。

かなり迷ったが、俺は「いえ、何もないです」と答えた。

青山さんは少し考えた後、ポケットから小さいメモ帳とペンを取りだした。

「いつも持ち歩いてるんです」

「へえー」

青山さんは、それに何かを書いた。

「米田さんは、また五十嵐さんと会われますよね？」

「はい、間違いなく会うと思います」

「では、これを渡してください。俺からって」

青山さんは、小さく折り畳んだメモ用紙を、俺に手渡した。

「わかりました。必ず、渡します」

俺は、きっとこれが解決の糸口になるんだろうと楽観的に考えていた。

青山さんと別れ、早速、五十嵐にメッセージを送った。

『次いつメシ行ける？　渡したいものがあるんだけど』

『じゃあ来週の土曜、二十時は？』

『OK』

具体的に何があったのかはわからないが、恐らくアイツは青山さんが社を辞めたことと関わっている。黙って食事の会計をするくらい、罪悪感があって、嫌われていると自覚もしている。恐らく、何か青山さんとトラブルを起こしたんだろう。それも、原因は五十嵐側にある。五十嵐が俺と会わなくなったのが半年前。その頃からすでにトラブルを抱えていたのだろうか。

青山さんが退職したのは十一月だと言った。それから五十嵐は恐らくずっと自分を責め続け、ついに退職するという決意をした、といったところか。

東京で働くことに疲れてしまったのだとしたら、地元に戻るのも頷《うなず》ける。

「さて……何て切り出すかだよな……」

俺は手のひらにちょこんと載っている、小さなメモを見つめた。

「あれっ？　本は？」

約束の日、五十嵐は手ぶらで現れた俺を見るなり言った。

メッセージで送った『渡したいもの』＝『俺の選んだ本』だと思ったらしい。

思ったよりそれを楽しみにしていてくれたようだ。

「ああ、本はもうちょい待って」

言いながら、この流れなら説明がしやすいと思った。

とりあえず店内に入り、名物の海鮮鍋を注文した。鍋が炊ける間、俺は話を始めた。

「そうそう本だけど、今選んでる最中なんだ。それでこの前さあ、大きな本屋に行ったんだけど、そこで知ってる人見かけてさ」

　俺は具材を鍋の奥に押し込んだりしながら、つらつらと話した。

「でもそれが誰だったか、なかなか思い出せなくてさあ」

「へえ、おまえが珍しいな」

　五十嵐は俺の特技を知っている。

「それで、誰だっけなーって思ってたら、その人どっか行きそうになって、それで思わず声かけちゃったんだけどさ」

　本当は思い出してから声をかけたが、ものすごく微妙に嘘をついた。

「なに、可愛《かわい》かったの？」

　五十嵐はニヤリと笑った。

「いや、女じゃない。男」

「ああ、そっちか」

　なんだ、といった表情で、五十嵐はつまみで頼んだ砂ずりの唐揚げを口に放り込んだ。

「それがさあ、なんとさあ」

変に緊張していた。五十嵐の顔がまともに見られず、鍋の中ばかりつついていた。

「うん、誰？」

五十嵐は相変わらずリラックスした態度だった。

「知らない人だった」

五十嵐はハハッと笑った。

「なんだ、そりゃ」

「いや、正確には、俺の知り合いではなかった」

「ん？」

「おまえのさあ……」

五十嵐の眉間に少し皺が寄った。俺の背中を冷や汗が伝った。

「ほら、この前、おまえが会計してたカウンター席にいた……肉バルで……」

疑問の表情を浮かべた次の瞬間、五十嵐がハッと目を見開いた。

「おまえ！　まさか……！」

五十嵐の剣幕に、俺は正直ビビった。

「青山さ……」

俺が言い終わる前に、五十嵐が叫んだ。

「なんでそんな余計なことすんだよ‼」

周囲の客が一斉に視線を向けた。店員も驚いた表情で俺たちを見ていた。

五十嵐は声のトーンを落とした。

「余計なことすんなよ……！」

「ごめん……俺も余計だとは思ったんだけど……」

五十嵐は、はあーと深い溜息をついて、うなだれた。

「それで……？」

「あ、そ、それで……あの、ちょっと、話した。おまえのこと」

五十嵐は黙っていた。

「でも、詳しい話とかは聞いてない！　二人の間に何があったのか知らないし、五十嵐が会社辞めるってことも言ってない」

五十嵐は、再び深い深い溜息をついた。

「おまえ、相変わらずスゲーよな。その特技なに。なんでそんな一瞬見ただけの人の顔覚えてんだよ」

「相変わらず、この能力は健在だったみたい」

五十嵐は呆れたような、憮然とした表情で俺を見ると、おもむろに鍋の具材を器に取り始めた。俺も慌てて同じようにした。

「その特技で大学時代もめちゃくちゃ人脈作ったもんな。羨ましいわ、マジで」

五十嵐が鍋の中のつくねを摘まんだまま言った。

「今の仕事にはあんまり役立ってないけどな。……それ、もう煮えてると思うよ。店員が浮かんできたらOKって言ってた」

五十嵐はつくねを椀《わん》型の器に入れると、出汁を注いだ。

「その能力いかせる仕事しろよ。おまえみたいなヤツが一番営業に向いてるんだよ。俺なんて顔と名前覚えるの苦手でどれだけ苦労したか」

「それなのに売上トップなのが、いかにも五十嵐って感じだけどな」

一瞬、五十嵐が黙った。そして、おもむろに器をテーブルに置いた。

「俺、青山の売上、横取りしたんだよ」

それは突然の告白だった。

「こう言っちゃなんだけどさ、そういうのって営業ではよくあることなんだろ？」

俺は友人として、とりあえずのフォローをした。

「違う。ただ単に横取りしただけじゃない。俺はデータを改ざんしてまでアイツにミスをさせて、その上アイツに恩を売りつけて、ついでに上司の点数も稼ぎながらほぼ決まってた大きな契約を横取りしたんだ」

　かける言葉もなかった。

「最低だろ。自分でも驚いたよ。そこまでするかってな。言い訳するつもりもないけど、何であんなことしたのか自分でもわからない。でも下手したら俺はアイツを……青山を殺してたかもしれない……」

「それは……大袈裟だよ……」

　俺も手にしていた器をテーブルの上に置いた。

「大袈裟じゃない。あれから生きた心地がしなかった。アイツが部長に怒鳴られるのを見るたび、青山が死んだらどうしようって思った。ずっとニュースが見れなかった。怖かったんだ……いつか、いつかアイツの名前を見つけたらどうしようって……。でも、自分からバラすことがどうしてもできなかった……」

　出会ってから初めて見る、情けない五十嵐の姿だった。

「朝、電車が接触事故を起こすたび、アイツじゃないよなって思う。電車が大きく揺れるたびに、事故じゃないよなって思う。アイツが仕事辞めるってなったとき、正直ホッとしたんだ。最低だよ。何度も謝ろうと思ったけど、結局最後まで謝ることすらできなかった。今でもアイツがちゃんと生活していけてるんだろうかって気になって……。金で償えることじゃないってわかってるけど、どうにかできないかってずっと考えてて。だから、あの日、あの店で青山が友達と楽しそうに話してるのを見て、心の底から安心した。ああよかったって……。あれくらいの金で謝ったことになったとは絶対に思ってない。けど居ても立ってもいられなくて……。せめて楽しく飲んだ分くらいは俺が、とか意味不明なこと思って……」

あの会計にはそういう意味があったのか。

「いやあーなんか、おまえも普通の人間だったんだなあ」

俺の言葉に、五十嵐は自嘲した笑みを浮かべた。

「普通の人間はこんなことしねえよ」

「おまえ、でっかい鎧《よろい》着すぎなんだよ。大学の頃からずっと。だから苦しくなんだよ。おまえのそのちょっと抜けてるところとか、案外苦手なことが多いところとか、それをカバーするために努力してるところとか、たぶん会社の人は知らねえんだろ。そういうところに人間味がでるのに、隠し過ぎなんだよ」

五十嵐は黙ったまま俯いていた。

「完璧な人間じゃなくていいんだよ。もっと弱み見せて愚痴ってもいいんだよ。みんな多かれ少なかれ不満や不安もってんだから。そんなことくらいで誰もおまえのこと嫌いになったりしないよ」

「わかってる……。頭ではわかってんだよ……」

五十嵐は大きな溜息をついた。

「食おうよ。冷めるよ」

俺は器を手にし、つくねをかじった。

「うん、うまい」

二人とも、しばらく黙って鍋を食べた。

「俺ら、いつまで働いたらいいんだろうな」

五十嵐が口を開いた。

「死ぬまでだろうな」

俺は出汁をすすりながら言った。

「いつになったら給料上がんだろうな」

五十嵐も出汁をすすった。

「定年ごろじゃね？」

「夢も希望もないこと言うなよ」

五十嵐が苦笑いした。

「だって、考えてみろよ。少子化は進む一方、十年後には三十パーセントが六十歳以上。すでに年金だって破綻しかけで、医療はどんどん発達して、寿命は延びる。どう考えても無理だよ」

俺は器の中で少し冷めた真っ赤なエビの殻を剝《む》きながら言った。

「働いても働いても、薄給のままか」

五十嵐が小さく溜息をついた。

「おまえは俺より稼いでただろ。まあ、でもせめてどっちかほしいよな。時間か金か。どっちかでいいからさ」

「正直、地元に戻ってからのことはまだ考えてないんだ」

五十嵐もエビに手をつけた。

「そうかあ」

俺は剝きおわったエビを口に放り込んだ。

「エビって剝くのは面倒くさいくせに、食うのは一瞬だよな。ま、うまいけど」

五十嵐は「人生と一緒じゃね」と口の端で笑った。

「まーた始まった。どういう意味だよ」

「そのまんまだよ」

　五十嵐もエビを口に放り込んだ。

「面倒くさい過程を経たわりに、お楽しみはほんの一瞬ってこと」

「でも、うまい？」

「うまいかどうかは、エビ次第」

　五十嵐はふふふと笑った。

「なんだそりゃ。おまえ、この前から野菜ジュースとか水とかエビとか、そういうモードなんなの。おまえのほうがよっぽど小説家に向いてんじゃねえの？」

　五十嵐はハハッと笑った。

「野菜ジュースとか水とかエビとかそんなつまんねえ話、一体誰が読むんだよ」

　俺も思わず笑った。

「確かに。意味わかんねえ」

　俺は更に笑いながら鍋の具を漁った。

「でも、おまえなら書けるかもな。そんなつまんねえ話でも」

　五十嵐も鍋をつついた。

「俺はマジでさ、おまえの書く話が好きだったよ。かなりね。……お、ホタテ発見。タラどこいったよ」

五十嵐の言葉が素直に喜しかった。

「じゃあ、俺が書いてやろうか。そのつまんねえ話を。……タラ崩れてんじゃねえの」

「あ、あったよ。タラ」

　五十嵐がタラの身を俺の器に入れてくれた。同じ釜の飯を食った仲間。そんな大事なヤツの門出。その日が刻一刻と近づいていることを切に感じた。

「おお、さんきゅ」

「書いてよ、マジで。人生かえようぜ」

「おっ、いいね。前向きだね。……あ、俺もホタテ見っけ」

大事な仲間の大事な門出に、贈りたい言葉はやっぱり、自分の中にしか存在しないのかもしれない。

「まだ若いらしいしな。俺ら」

いつもは堅実な五十嵐が、らしくないことを言った。

「まあ、若……うん、まあ」

そういう夢見がちな、楽天的なことを言うのは、もっぱら俺の役目だった。

「まだ今からなんでもできるらしい」

「それは、そうかもな」

五十嵐の心境には多分、何らかの大きな変化があったんだろう。

「おまえさ、今度定食屋いかない？」

五十嵐がまた珍しい提案をした。

「定食屋？　うまいの？」

俺たちは一心に鍋の中身をさらっていた。

「まあまあ、普通」

「なんだそりゃ」

「でも、いい店なんだ。安いし」

まるで大学生の頃に戻ったような、誘いだった。

「へえー。いいよ、行こう。……シメ、雑炊でいいよな」

「もちろん」

「すみません、雑炊二人前」

鍋の具材をきれいに食い終わって、二人同時にグラスを口に運んだ。

「……ごめんな。青山さんと勝手に話して」

「ほんと、ビビるわ。おまえはたまに予想の斜め上の行動とるよな」

「いや、ほんと悪い」

そう言いながら、ハッと思い出した。

「そうだ！　忘れるところだった！」

「何？」

「これだよ。渡したいもの」

俺はポケットから、折り畳んだメモを取りだした。

「なに、それ……」

五十嵐が差し出した手のひらに、そのメモを落とした。

「青山さんが、おまえに渡してくれって」

五十嵐の手がピクッと動いた。その顔はこわばっていた。

「もちろん、中は見てねーから！」

「青山が……」

「なんか、結果オーライだった的なこと言ってだぞ。今のがずっと幸せだってさ」

「……本当かよ」

「本当だよ」

五十嵐はじっと手のひらに載せたメモを見つめた。

「開けるの、怖いな」

「俺が見てないとこで読めよ」

「ここまできたら、おまえも道連れだよ」

「マジかよ」

五十嵐がゆっくりとメモを開いた。その指先は、震えていた。

「はは……」

五十嵐は俯いて笑った。無理矢理、声を出したように見えた。

「やっぱり、アイツはすごいよ。きっとああいうヤツが、世界をより良く変えていくんだろうな。やっぱり、俺には無理だ」

五十嵐がメモをテーブルに置いた。

そこにはシンプルなメッセージが書かれていた。

『人生って、それほど悪いもんじゃなかったみたいです。

五十嵐さんも、お元気で。ありがとう』

五十嵐は両手で顔を覆い、椅子の背にもたれていた。

「俺には『もう許してやるから、おまえはおまえの人生をいけ』って読めるけどな」

五十嵐は、しばらく何も言わなかった。

「東京を発《た》つ前に、身ぎれいにしても、いいんじゃないの？」

「…………まだ、遅くないのかな…………」

ようやく声を発した五十嵐の目は、涙に濡《ぬ》れていた。


店を出て、俺は五十嵐を呼び止めた。

「五十嵐」

五十嵐が振り返った。

「遅くないと思うよ」

俺は柄にもなく少し声を張った。

「おまえの人生はいつだって変えられる。今日だって、明日だって、十年後だって、三十年後だって、全然遅くねえよ！」

五十嵐は笑った。出会った頃と同じように、目尻に皺を寄せてくしゃっと笑った。

　四月、満開を過ぎた桜が別れを告げる頃、五十嵐が東京を去る日がきた。

　俺は五十嵐に、Ａ４の封筒を差し出した。

「なにこれ？」

「餞別」

　五十嵐は不思議そうな顔で封筒を開けた。

「なに……これ……」

　中からはＡ４サイズの紙の束がでてきた。

「おまえが書けって言ったんだろ」

「……マジか……」

　五十嵐が目をギュッと細めた。

「これで新人賞に応募しようと思ってる」

　五十嵐が驚いたように俺を見た。そしてくしゃっと笑った。

「おまえって……ホント、いつも俺の予想を超えてくれるよ」

「読んで添削してくれ。昔はよくやってくれただろ」

「すごい、長編だな」

　五十嵐が目を細めた。

「おまえよく……え、いつから書いてたの？」

「あの後だよ。一か月ちょっと前」

「よく書けたな！」

五十嵐が目を見開いた。こんなにクルクル変わる表情の五十嵐を、俺は久しぶりに見たような気がしてすこし嬉しかった。

「お陰でこの一か月ちょい、仕事終わってすぐ帰った。繁忙期《はんぼうき》なのに周りに白い目向けられながらもノー残業で、休日は引きこもり。色々と死ぬかと思ったぜ。でもまだ初稿だからな。この先はおまえの力が必要だ」

五十嵐はふふっと笑った。

「タイトル……いいな」

「いいだろ？　おまえへの餞別、餞《はなむけ》だからな」

五十嵐はなんだか眩しそうな目で、マジマジと原稿を見ていた。

「いつかこれが書店に並ぶ日がくるかもよ」

俺は冗談ぽく言った。

「うん。多分、くると思う」

五十嵐は真剣な表情で言った。

「でもさあ、副業禁止だからさあ。なんかいい抜け道、探してくれよ」

五十嵐は声を出して笑った。

「おまえが安定を求めるなんて、元々ガラじゃなかったんだよ」

新幹線の発車のアナウンスがホームに響いた。

「本屋に並んだらたくさん買ってやるから、サインの練習しとけよ」

そう言うと、五十嵐は「じゃあな」と新幹線の中に入った。

「五十嵐！」

俺は思わず呼び止めた。

五十嵐が車内で振り返った。

「がんばれよ！」

同じ釜の飯を食った友へ、心からのエールだった。

五十嵐が歯を見せて笑った。

「おまえもな！」

あの頃のように、目尻にくしゃっと皺を寄せて笑った。

そこにいたのは、紛れもなく出会った頃の五十嵐諒だった。

『俺、五十嵐って言うんだ。よろしくな』

誰もいない教室でコッソリ本を読んでいた俺を見つけ、屈託のない笑顔で手を差し出した、爽やかな男。

十年間暮らし続けた東京で、五十嵐が最後に見せたのは、あの頃となんら変わらないままの笑顔だった。

新幹線の扉がプシューと音を立てて閉じた。

五十嵐の笑顔が、一瞬歪んだように見えた。

滋賀までの長い道のりで、あいつは何を思うんだろう。

これからの数十年を、あいつはどう生きるんだろう。

俺が書いた物語に、エンディングはまだない。

「ハッピーエンドにしてくれよ」

新幹線の去ったホームに呟いた。

アイツの人生も、俺の人生も、まだ始まったばかりなんだ。

#『無題』A面
あるミュージシャンの場合

　――生きていれば　また会える
　癒えた傷と　どこかの街　いつかの未来で　きっと――

「おおー！」

　最後の一音を鳴らすと同時に、客が両手を叩いた。何人かの女に紛れて一番前に立っていた、若い男だった。

「どーも」

　軽く挨拶をした俺に、大学生のような身なりのそいつは、歯を見せてニカッと笑った。そして話しかけてきた。

「めっちゃええやん。何て曲？」

　馴《な》れ馴《な》れしい関西弁だ。俺の苦手なタイプの男だと思った。

「……まだ決めてないです」

　ぶっきらぼうにそれだけ答えて、俺は再びギターを鳴らし始めた。

　その男はニコニコしながら俺を見ていたが、ふとポケットに手を入れ、携帯を取り出した。男は携帯の画面に視線を落とすと、残念そうな顔をしてその場から立ち去った。

それから三曲を歌い終えた頃、朝から雲行きが怪しかった空からポツポツと雨が降ってきた。冬本番を迎えようとしているこの頃でも、入れ替わり立ち替わりで常に数人の客がいたが、手のひらで雨を確かめるとみんな急ぎ足で立ち去った。

開いたギターケースの中には小銭が数枚。今日はもうこれ以上の収入は得られないだろう。ケースから小銭を拾い出し、ギターをしまっていると、目の前で誰かの足が止まった。

「……もう終わりですか？」

視線を上げると、見覚えのある若い女がいた。前に俺の歌を聴きに来ていた。ただ、そのときは一番後ろにいて、話しかけられたことはなかった。

女は今にも泣きだしそうに見えた。たまにこういった女が来る。だいたいが男と喧嘩《けんか》したとか別れたとかそういう話だ。この女もどうせ同じ類《たぐい》だろう。けれどこういう客は金払いが良いことも確かだ。俺は「聴きたいなら弾くよ」と、しまいかけたギターを取り出した。

「リクエストは？」

尋ねた俺に、女は口ごもりながら言った。

「あの、題名がわからなくて……。生きていればまた会える……みたいな曲」

さっきの関西男がいたく気に入っていた曲か。

「ああ、あれね」

俺はギターをポロンと鳴らした。そして大きく息を吸った。

――

曲が終わり、ちらりと視線をやると女は嗚咽《おえつ》を漏らしていた。

冷たい雨は次第に強くなって、公園には俺とこの女以外、人影はなくなっていた。

ふんわりしていた女の長い髪はすっかりしおれて、雨か涙かわからない滴が女の顔を濡らしていた。

「ありがとうございました……」

雨音に掻《か》き消《け》されそうな声で女は言った。そしてそっと手を差し出した。その震える手には小さく折り畳まれた千円札が握りしめられていた。

受け取ろうと手を伸ばし、一瞬、躊躇《ちゅうちょ》した。

俺は本当にこの千円に見合った演奏ができたのだろうか。どこかで早く終わらせようと思っていなかったか。雨に濡れているギターを気にしながら、喉を痛めてしまわないか心配しながら、女が泣いている理由など露ほども気に留めず。

伸ばしたまま宙で止まっていた俺の手に、女は千円札を押しつけた。

そして勢いよく頭を下げると、雨の中を走り去っていった。


その夜、バイト先の居酒屋で客と喧嘩をした。

酔っ払いの戯言《たわごと》などいつもなら無視できたはずなのに、今日はどこかおかしかった。

ポケットの中の小さく折り畳まれた千円札が、心を乱していた。

喧嘩のせいで閉店時間が遅れ、家に着いたのは明け方だった。

部屋に入って布団の上に座るなりギターを抱えた。が、どうにも気が乗らず、ラジオのスイッチを入れた。朝っぱらから憂鬱なニュースが部屋に響いた。

『――線は遅れが出ている模様です。繰り返します。今朝○時○分頃、二十代とみられる女性が快速電車と接触した人身事故の影響で――』

二十代女性――あの女の泣き顔が脳裏に浮かんだ。

まさかな。

そう思う気持ちとは裏腹に、すぐにネットニュースを調べた。しかし情報はまだほとんどなかった。そんなことあるはずない。そう思おうとしても、あの女の泣き顔が頭から離れなかった。

泣いている理由を訊けばよかった――そんな後悔が押し寄せてきた。

居ても立ってもいられず、俺はギターを摑み、家を出た。

月曜の朝、雨あがりの公園で俺はギターを掻き鳴らし、声を上げた。とにかく音を鳴らし続けた。もしかしたら昨日の女が通りかかるかもしれない。いや、通りかかって欲しい。そんな願いを込めて歌った。

しかしその日、とうとう女は来なかった。

翌日の火曜も、水曜も、木曜も、時間の許す限り俺はギターを弾き、歌い続けた。

そしてとうとう、あの女が泣いていた日から一週間が経った。

あの日と同じ時刻、あのときリクエストされたあの曲を歌い終わったとき、パチパチと拍手の音がした。

「やっぱめっちゃええ曲やなあ。もうタイトルつけた？」

ニカッと笑ったのは、あの日もいた関西弁の馴れ馴れしい男だった。最近グッと気温が下がったこともあってか、首に巻かれた青いマフラーが目を引いた。

俺はぶっきらぼうに「まだです」とだけ答えた。

男は笑顔で「はい」と手を差し出した。金かと思ってこちらも手を伸ばすと、手のひらに落とされたのは、のど飴《あめ》だった。

「ちょっと歌いすぎちゃう？　ここ一週間ずっと歌いっぱなしやん」

その言葉に俺は驚いた。この一週間、俺はあの女が来ないか客の顔をしっかり見ていたつもりだった。しかしこの男がいたことには気づかなかった。

「鬼気迫るっちゅーか、なんちゅーか。なんかあったん？」

男は優しい声で言った。柔らかい毛布のような、何か人を包み込んで安心させるような声だと思った。その声を少々羨ましく思った。

「べつに、何も」

俺はそれだけ言うと、手のひらののど飴をポケットに押し込み、再びギターを鳴らした。

「ちょい、ちょっと待って。ちょっと休憩」

男が俺を制した。「なんですか」と俺はその男を睨《にら》んだ。

「ずっと外で冷えたやろ？　とりあえず、これ飲もうや」

男は『はちみつジンジャー』と書かれた温かい缶ジュースのプルタブをプシュッと開けると、それを俺に差し出した。開けられてしまったものを捨てるわけにもいかず、俺はしぶしぶそれを受け取ると、その場に腰を下ろした。

「ジンジャーは体あったまるし、はちみつは喉にええんやで」

男は馬鹿みたいにニカッと笑った。何かのCMみたいだなと思った。

「で、なんであの曲にタイトルつけへんの？」

男は俺の隣に腰を下ろすと言った。

俺はなるべく面倒くさい会話にならないような答えを探し、結局「なんとなく」と答えた。

本当はあの曲にはタイトルがあった。

ある日突然、高校を辞めて家族ごと姿を消した親友。

あれから五年経った今でもまだ、生死すらわからないアイツの名前。

いつかこの曲が有名になったとき、アイツが気づいてくれたなら――

俺は溜息をついて温いはちみつジンジャーを飲んだ。

「誰か待ってんの？」

ズバリ核心をついた男の言葉に、俺は咽《む》せた。

男はあははと笑い「大丈夫かあ？」と俺の背中をさすった。

誰か待っている。それは親友とあの女、二重の意味で当たっていた。

俺は平静を装いながら咳払《せきばら》いをして、黙ってはちみつジンジャーを飲み続けた。

「髪が長くて、こうふわっとしてて、おとなしそうな感じの女の子やろ」

俺はギョッとして男の顔を見た。男は不敵な笑みを浮かべた。

「実はな、見ててん。一週間前、チップ渡そう思って電話終わった後で戻ったんよ。そしたらあの女の子が一人で曲聴いてて、泣いてて。あちゃー修羅場《しゅらば》かなーと思って、そのままコッソリ覗き見しててん。彼女と喧嘩でもしたん？」

覗き見か、悪趣味だな。俺は溜息をついた。

「違うよ。ただの客、知らない人。リクエストされて歌ったら泣いただけ」

「ほんなら一目惚《ひとめぼ》れか。待ってるんやろ？」

男はニヤニヤ笑った。

「だから、違うって」

結局面倒くさい話になってしまった。俺は仕方なく、ラジオから流れてきたニュースのことを男に話した。

「なるほどねえ。それがその女の子か気になったっちゅーワケか。で、安否確認のために来るのを待ってる、と。ええ人やな」

「べつに」

俺はもう一度わざとらしく溜息をついた。空気を察して立ち去ってほしかった。しかし、男は予想もしない言葉を発した。

「あの子が泣いてたワケなら、俺知ってるで」

面食らった俺は思わず「えっ⁉」と声を上げた。

男は少し微笑むと、ゆっくりと話し始めた。

「あの子なあ、大人っぽいけど高校生や。高二。んでなあ、クラスメイトの男の子が自殺未遂したんやて。電車に飛び込みそうになって、近くにいた人がすんでのところで助けたらしいけど、イジメやって。それを知ってたのになんもできんかった自分が情けなくて、もしホンマに死んでしまってたらと思うと怖くて、気持ちがぐちゃぐちゃになっててたときに君の歌聴いて救われたんやって。一週間前のあの日は、その男の子が転校した翌日で、どうしてもあの曲聴きたくなったんやって」

「……どうしてそんな話知ってるんですか」

「びしょ濡れで泣いてる子がいたら気になるやん。だから、捕まえて話きいた」

男はニッコリ笑った。

「でも、ちゃんと自分の中で消化して前向こうとしてたから、大丈夫やで」

胡散臭《うさんくさ》い男の本当かどうかもわからない話を、なぜか俺は信じた。自然と信用していた。それと同時に心がふわっと軽くなった。胸の奥に澱《おり》のように溜まっていた後悔の念が溶けてなくなったようだった。

それからも俺は毎日のようにそこで歌い続けた。また、もしもあの子がこの曲を聴きたいと思う日がきたときに、聴かせてやりたかったからだ。

「よっ」

青いマフラーと、歯を見せて笑う、その特徴的な笑顔が目に留まった。

「どうも」

俺は小さく溜息をついて、右手をギターの弦から離した。どうせこいつは話しかけてくる。

「あれから、あの子きた？」

ほらやっぱり、話しかけてきた。

「いや、まだ」

普通に答えている自分も自分だ。いつもならほとんど客と話すことはないのに。

「タイトル考えた？」

「……まだ」

そいつは俺の隣にどっかりと腰を下ろした。

「なんでつけへんの？　タイトルあったほうがリクエストしやすいのに」

俺は再び溜息をついた。

「ならもう〝無題〟がタイトルでいいよ」

「無題かあ。でも、もっと似合うタイトルありそうや。俺が考えたろっか？」

男は無邪気にニカッと笑った。

「……遠慮します」

「つめたっ！　今日の気温より冷たいで。雪通り越して凍るで。あっ、今日の夜雪降るって知ってた？」

相変わらずペラペラとよくしゃべる。

「てか名前なんてーの？」

急な質問に、俺は答えなかった。

「普通、ストリートの人って自分の名前売りたいやん？　でもどこにもない……あっ！　イニシャル発見」

男は俺のギターケースに貼られたステッカーを目ざとく見つけた。

「しかもYや！　俺と一緒！」

男は何が嬉しいのかと思うほど、嬉しそうに笑った。

「それ、俺のじゃねーから」

「えっ、じゃあ誰の？」

「このギターの持ち主」

「このギター、お兄さんのとちゃうの？」

「お兄さんて……」

俺はたぶん、心底嫌そうな顔をしたんだと思う。男は途端に項垂《うなだ》れた。

「だって、名前知らんし……」

俺はハアーと、三度目の溜息をついた。溜息はどんどん大きくなっていた。

「……潤吾《じゅんご》」

「潤吾かあ！　ほんまや、Yちゃうわ」

呼び捨てかよ。

「潤吾、借りパクはあかんで！」

「借りパクじゃねえよ。アイツが……勝手にどっか行ったんだよ……」

「ギターの持ち主？」

「ああ……」

「同じバンド組んでたとか！」

ズバリ当てられて言葉に詰まった。

「…………まあ、近い」

「ウソッ！　当たり⁉　俺すごない？」

「べつに、ありがちな話だろ。バンドじゃないけど、あいつがギターで、俺がボーカル。俺は自分のギター持ってなかったから、練習するのにちょっと借りたんだよ。ちゃんと次の日学校に持って行ったのに……アイツはこなかった」

「休みやったん？」

俺は頷いた。

「それから、ずっと」

「ずっと？」

「いつの間にか学校やめて引っ越してた」

「……なんで？」

そんなの、俺が訊きたい。

「さあ」

「潤吾も知らんかったん？」

「ああ」

「だって、めっちゃ仲良かったんやろ？」

「……そうでもねえよ」

「絶対そうやって」

だったらなんで、何も言わずにどっか行ったんだよ。

「だって、仲良くないヤツに自分の大事なギターなんて貸さへんやん」

俺の心の中の声が聞こえたかのように、男は続けた。

「俺やったら、絶対に信用できるヤツにしか、貸さへん」

その言葉は、深く、深く、胸に響いた。

俺はギターをじっと見つめた。

本当は悔しかった。哀しかった。声を殺して何度も泣いた。

アイツが俺に何も言わずに消えたことが、信じられなかった。

アイツとは小学生の頃から友達だった。親友だと思っていた。

文化祭に向けて、練習をしようと言ったのもアイツだった。

初めて、俺の声を褒めてくれたのもアイツだった。

「潤吾の声はすごいよ、すごくいい！　絶対歌った方がいい！　プロだって目指せるかもしれない！」

アイツはきらきらした瞳でそう言った後、少し照れくさそうに鼻の頭をこすった。

「実は俺、ちょっとだけギター弾《ひ》けるんだよね」

翌日、アイツは本当にお父さんのおさがりだというギターを持ってきた。

そして一か月後、その大事なギターを「弾いてみたい」と何気なく言った俺に、あっさりと貸してくれた。

「絶対壊さないように、大事に扱うから。明日また持ってくる」

気負う俺に、アイツは「安物だからそんなに気にすんなよ」と笑った。

親友の大事なものを背中に抱えて帰ったあの日の緊張感は、今でもよく覚えている。まるで子供を一人背負っているかのようだった。

家に着くなり部屋にこもった。貸してもらった練習本を見ながら、初めてギターを鳴らした。あのときの鮮やかな音が、俺の人生を変えた。

夜中、母親に怒鳴られるまで夢中で弾き続け、翌朝は眠い目をこすりながらなんとか起きて学校へ行った。ギターを背負って歩くだけで、いつもの通学路が違う世界のように新鮮に感じた。

朝のHRにアイツはいなかった。俺と違いあまり遅刻をするヤツではなかった。どうしたんだろうと思った。風邪でもひいたのかと思った。けれど、俺は特に何をすることもなく、ただアイツが来るのを学校で待っていた。

あの日、昼になってもこないアイツに電話の一本でもかければよかった。

放課後、家まで様子を見に行けばよかった。

数日経ってようやく家に様子を見に行ったとき、そこは既にもぬけの殻だった。

担任すら何も知らなかった。

それからアイツと一度も会うことのないまま、五年の月日が流れた。

「Yくんと、会えたらええなあ」

ハッとした。この男の存在をすっかり忘れて思い出に浸ってしまった。

「歌ってれば、また会えるかもしれへんね。いつかの未来に」

男は俺を真っすぐ見て、ニカッと笑った。

優しい、優しい目をしていた。

「潤吾、たぶん売れるで」

男が顎《あご》で差したその先に、遠慮がちにこちらを見ている、あの女の子がいた。

「ええなあ」

男が俺に言った。

「人の心に響く声や」

男が発したその声は、やっぱり柔らかい毛布のように俺の心を包んだ。

「お客さん待ってるみたいやし、そろそろ行くわ」

そう言って立ち上がった男に、俺は声をかけた。

「あの……、名前は？」

男は歯を見せてニカッと笑った。

「次くるまでにはタイトル決めといてや」

それだけ言うと、男は颯爽《さっそう》と去って行った。

俺はギターを手に立ち上がった。

ポロンと音を鳴らすと、あの子がそっと近寄り、立ち止まった。

「聴いてください。〝無題〟」

この子に届いたように、この曲がいつか多くの人に届くだろうか。

そうしたらアイツにも届くだろうか。

もし届いたら、会いに来てくれるだろうか。

まだ見ぬ、いつかの未来に。

俺は祈りを込め、息を吸った。

二月二十七日（月）
青山隆の場合

爽やかなメロディーがスマホから流れた。

いつもよりハッキリと目を覚ました。

清々しい朝だ。顔を洗ってパソコンを立ち上げた。

ひとつ、大きく深呼吸して、大学のホームページを開いた。

「…………あったぁー！」

間違いなく、自分の受験番号があった。

「あぁーよかったぁー」

これで晴れて四月から大学院で臨床心理学を学ぶことになる。

なんとか新しい人生のスタート地点に立てるんだ。

「よし！　さっさと行こう！」

俺はすぐに携帯ショップに向かった。

家に帰り、少し遅めの昼飯を食べながら、アドレス帳の整理をした。ずっと買い替えたかったスマホがやっと購入できた。きつい日程で大学院受験を終わらせた自分へのご褒美だった。

画面には『あ』から順番に、懐かしい名前や忘れかけた名前、そしてもう二度と見たくない名前が現れては消えてを繰り返した。スクロールされていくただの文字列一つ一つにそれぞれの人生があるなんて、この小さな箱の中にもう一つの世界が存在しているように思えた。

なんとなく昔見たSF映画のラストを思い出した。多大な犠牲を払い、壮大な戦いを繰り広げた物語の結末は、どこかの誰かが所有する『瓶の中』の出来事だった、というオチだった。あの物語のラストは賛否両論を巻き起こした。ただ、俺はそのラストが好きだった。そして、その『瓶』の所有者も、ひょっとしたら他の誰かの瓶の中にいるのかもしれない、と思った。テレビの中にテレビが映り、その中にまたテレビが映る。それを延々繰り返すのと同じように、自分の人生も誰かの瓶の中の出来事であり、その瓶の所有者もまた、誰かの瓶の中にいる。

少し前までこんなことを考える余裕などなかった。

今の俺は、人生について迷えるくらいの余裕ができた。

余裕がなければ迷うことさえできない。人生には選択肢があるという当たり前の事実さえ、忘れてしまう。そんなことに気がついたのも、ほんのちょっと前のことだった。幸運なことに、俺にはそれを気づかせてくれる人がいた。

計ったように、スマホの画面に『ヤマモト』という名前が現れた。

こいつは本当にいつもいつも、タイミングがいい。思わず笑ってしまった。念のため、いつものようにコールボタンを押してみた。

「おかけになった電話番号は現在使われておりません――」

やっぱり同じ音声が流れた。

もう何度この音声を聞いたかわからないが、それでも試さずにはいられない。

もしかしたら、いつかひょっこり繋がるかもしれない。

『おー隆、久しぶりやなあ』

なんて、アイツはきっとまるで何もなかったかのように、言葉の出ない俺をよそに飄々《ひょうひょう》と話すんだろう。

「よし、こんなもんか」

次は整理し終わった連絡先に、電話番号が変わった旨を連絡することにした。もう一度アドレスの画面をスクロールする。最初から五番目に『五十嵐先輩』の文字が残っていた。俺はどうしてこの名前を消さなかったのか。部長の名前はいの一番に消したのに、五十嵐さんの名前は消せなかった。

先日、突然本屋で五十嵐さんの友人から声をかけられたときは驚いた。

その人は米田さんと言った。

久しぶりに五十嵐さんのことを思い出した。

米田さんの口ぶりでは、五十嵐さんの近況は芳《かんば》しくないようだった。

そりゃそうだよな。あんなことがあった後、そのままあの場所で働いているんだ。あの部長の一番近くで働いているんだ。

実は会社を辞めた直後、俺は少し五十嵐さんに感謝すらしていた。あんなことがあったから、仕事を辞める決心ができたのだ、と。

あの瞬間、退職を告げた瞬間、俺はいわば非日常にいて、ある種の万能感さえあった。だから五十嵐さんに対し、おおらかな気持ちになれたんだろう。しかしときが経ち、冷静になるにつれ、五十嵐さんに対する怒りは静かに、でも確実に湧き上がっていた。

もしかしたらその怒りは、俺のそばにヤマモトがいないという事実とも関係していたのかもしれない。ヤマモトが黙って去ったある種の喪失感が、いつの間にか五十嵐さんへの怒りにすりかわっていった節もある。

それに気づいてからは五十嵐さんへの怒りはほとんど消えていた。忘れていたと言ってもいい。今が充実している証拠だ。

ただ、米田さんに五十嵐さんのことを聞いた今、やはり少し気になってしまう。

なんだかんだ言ったって、入社してからずっと俺の面倒を見続けてくれたことは事実だ。

アドレス帳のスクロールを続けると、最後のほうになってまたその名前が現れた。

ヤマモト、もしおまえが俺の立場なら、五十嵐さんに何て言う？

べつに俺だってヤマモトがいなければ生きていけないわけじゃないけれど、ヤマモトの答えはやっぱり気になる。

笑顔で「ええよええよ。もうすんだことや」とでも言うのだろうか。

俺はヤマモトみたいになりたいのだろうか。ヤマモトに憧れているのだろうか。

いや違う。俺はヤマモトの友達になりたかったんだ。

そのことを思うと、どうしても暗い気持ちになってしまう。

ヤマモトが俺の前から消えたのは、れっきとした事実だ。

「よし、勉強だ」

気持ちを切り替えて、机に向かった。

電車に飛び込もうとしていた高校生の手を引いたとき、俺は自分の道を決めた。

俺も、誰かを救える存在になりたい。

受験が終わってからも、必ず毎日の勉強は続けている。

三時間ほど勉強して、夕刻、気分転換に散歩に出ることにした。

近所には川と桜並木がある。

「早く咲かないかなあ」

まだあとひと月も先か。

川を辿《たど》るとその先に駅がある。駅の先には小さな商店街。今日はそこの肉屋さんで夕食に唐揚げでも買って帰ろう。

スマホがメッセージを受信した。

『合格、おめでとうございます！　新しい電話番号、登録しなおしました！』

勇太《ゆうた》だった。俺をこの道に進ませるきっかけとなった張本人であり、少し年下の俺の友人でもある。

『ありがとう！　また東京に出てくるときに飯でも行こう！』

勇太は高校でのイジメが原因で、三学期に引っ越し、転校をしていた。

『ぜひ！　あと俺、彼女ができたっぽいっす』

「えっ！　何それ！」

俺は思わず声を上げた。

「いいなー、春だなー。て、っぽいってなんだよ」

独り言を呟きながら、川辺のベンチに座り、返信を打った。

『おめでとう！　新しい学校の子？』

きっと嬉しくて話したくて仕方ないのだろう。返信はすぐにきた。

『いや、前の学校のクラスメイトです』

『そうなんだ！　引っ越してから連絡がきたの？』

『向こうからメッセきました』

勇太が照れているのが、文面からでもわかった。

『えー！　モテモテじゃん！』

『そーゆーんじゃなくて、なんか、助けられなくてごめんって謝ってくれて』

『彼女、すごくいい子だね』

勇太を虐《いじ》めていたのは、同じクラスの、しかも同じサッカー部のヤツらだった。

理由は単純で、勇太にレギュラーを奪われたことがきっかけだった。要するにただの妬《ねた》みだが、それがエスカレートしてしまい、そいつらからの暴力に加え、クラスのほとんど全員と話ができない状態にまでになってしまっていた。それまでムードメーカー的な存在だった勇太はそれに耐え切れず、電車に飛び込もうとした——

あのとき、本当に偶然、俺がそばにいた。俺が腕を掴んだ。

そんな偶然で、勇太の運命は変わった。
『覚えてないんすけど、昔俺がその子をかばったことがあったみたいで……』
声はかけられずとも心を痛めてくれていたクラスメイトがいたのか。
よかった。本当によかった。
『なんか、ドラマみたいだな』
『そこからなんとなく話すようになって』
『告白したの？』
『告白ってか、なんか、クリスマス会おっか？　ってなって』
『えーいいなー。俺クリスマスなんて一人でラーメン食ってたよ？』
『ウケますね』
「ウケねえよ」
俺は思わず声に出した言葉をそのまま文字で送った。
『それで、そのままつき合ってるっぽくなりました』
『おめでとう！　くそっ羨ましい！』
『それで、相談ってゆーか……ちゃんと告白ってしたほうがいいのかなって』
まだしてないのかよ。最近の高校生はよくわかんないな。

『当たり前だろ！　ちゃんとしろよ！　言葉で伝えるのは大事だよ』
『ですよねー。メッセでもいいっすかね？』
『会えるなら、直接の方がいいんじゃない？』
『直接かあ……ハードルたか……』
本当に、最近の高校生のことはよくわからん。要勉強だな。
『いや、そこは頑張れよ！　モテない年上からのアドバイスを信じろ！』
『それ信じにくいっす。でも、がんばります』
『また良い報告待ってるよ』
『はい！』
勇太の嬉しそうな顔が目に浮かんだ。
駅で初めて勇太に会ったとき、彼は以前の俺と同じような顔をしていた。
生きる気力を失った、まさに今人生を終わらせようとしている者の顔。
その腕を摑んでから、勇太の人生も、俺の人生も変わった。
あのとき、腕を摑んで本当によかった。
こうして時々、腕を摑む勇気をヤマモトから分けてもらえて、本当によかった。

イヤでも思い出してしまう。

俺の人生を変えてくれた人。

そして、黙って俺の前から去った人。

今なお音信不通の、俺の友人。

「いつか、会えるよな……」

生きていれさえすれば、きっといつかは。

そんな微《かす》かな思いも、俺が生きる上での大きな希望となっている。


その夜は、予定通り唐揚げを買って帰り、ごはんを炊いて春キャベツの味噌汁《みそしる》を作った。テレビの中のアニメーションでは、幸せそうな家族が昔ながらの円卓を囲んで夕食をとっていた。俺もそれを見ながらのんびり夕食を済ませた。

夜の八時頃、再びスマホがメッセージを受信した。

『返信が遅くなってごめんなさい。新しい番号を教えてくれてありがとうございます。手こずりながらもなんとか変更に成功いたしました。ご無沙汰しておりましたが、いかがお過ごしでしょうか。来月になると桜が咲くとはいえ、まだまだ冷える日々が続きます。どうかご自愛ください』

丁寧なこのメッセージ。メールは苦手と言っていたので、きっと打つのに時間がかかったことだろう。

『新しい番号の登録、ありがとうございます。お陰様で、僕は元気にしています』

ここまで打って、手を止めた。

本当は尋ねたい。

今も、ヤマモトと連絡を取れていますか？

今、アイツはどこにいますか？

アイツは、元気にしていますか？

迷った末、続きを打った。

『僕の住んでいる街は、川辺の桜がきれいです。いつかぜひ、見に来てください』

しばらくしてから、返信がきた。

『胸躍るお誘い、有り難く存じます。まるで私の元にだけ一足早く春がきた気分です。次の桜には間に合わないかもしれませんが、きっといつか、見に行きたいと思います。それまでどうか、お元気で』

その後、もう一度メッセージが届いた。

『追伸　今後とも、優《ゆう》をよろしくお願いいたします』

図らずも予想がついてしまった。

きっと、ヤマモトのお母さんは、ヤマモトとほとんど連絡を取れていないんだろう。でなければ、あんな追伸は書かないはずだ。もう俺と連絡を取れなくなったことも知らない。初めて会ったとき、たまに一方的な生存確認のようなメールがくるだけで、どこで何をして暮らしているのかもわからないと話してくれたが、その関係は、まだそのままだということだ。

二人の間には、今なお溝がある。アイツは、人懐っこいようでいて、実はまったく人に心を開かない。母親にも、俺にも。

ヤマモト……。

俺は、おまえにとって、一体どんな存在だったんだろう。


翌日、近所のコンビニでアルバイトの面接を終えると、再び勇太からメッセージが届いた。勇太からのメッセージはだいたい放課後か土日に届くが、昼休みにくるのは珍しい。

『隆さん、ちょっと相談があるんですけど……』

俺は勉強の手を止めて、返信した。

『おっ、どうした？　告白のこと？』
『いや、それが、ちょっとケンカしちゃって……』
『えっ、昨日の今日で？　なんで？』
『夜電話してたんですけど……彼女がミュージシャンの話ばっかりするから……』
まったく、告白する前から忙しいヤツだな。
『有名人にヤキモチ焼くなよー』
『それがまだ有名人ではないんすよ。ストリートミュージシャンなんすよ』
ストリートミュージシャン……。漠然としたイメージしか湧かなかった。
『会える距離っていうか、実際彼女がよく会いに行ってるらしくて……』
『ただ単に聴きに行ってるんじゃなくて？』
『彼女はそう言うんですけど、ただ歌を聴いてるだけって言うんですけど……』
俺が返信を打つ前に、勇太から追加のメッセージが届いた。
『ミュージシャンなんてカッコよさそうだし、女子高生とか声かけられるかもって』
『心配なんだね』
『隆さん、どんなヤツか時間あるとき一度見に行ってもらえませんか？』
勇太の不安な顔がイヤでも浮かぶ。恋する男は大変だなあ。

『いいよ。どこにいるの？』
『泉《いずみ》が丘《おか》公園にほぼ毎日みたいにいるって言ってました』
『それ、どのへんだろう？』
「あ、俺が前に通ってた高校の近くにある公園です」
『なるほどね。わかった！　今日は時間あるから、後で行ってみるよ』
『ありがとうございます！　恩にきます！』
勇太の言っていた公園を調べてみると、電車で三十分ほどの距離だった。
その日は勉強をそこそこに切り上げて、早速公園へ向かった。

到着したのは日暮れの後で、入口から入ってすぐ、ギターと歌声が聞こえだした。その声の方へ向かうと、街灯の元、高らかに声を上げる男の周りには、女性を中心としたギャラリーが十数人ほど集まっていた。中には高校生らしき女の子も数人いた。もしかしたらこの中の誰かが勇太の彼女なんだろうか。いや、今日来てるとは限らないしな。初めはそんなことを考えながら聴いていたが、いつの間にかその歌声に聴き入ってしまった。
曲が終わってギャラリーが一斉に拍手をした。俺も心から手を叩いた。

「もしリクエストがあれば、どうぞ」

ミュージシャンが言った。

客の誰かが「ムダイ！」と言った。

「リクエストがあったので、歌います。タイトルのない曲、『無題』です。聴いてください」

その曲は、切なく美しく少し哀しく、けれどその中に希望を感じる素晴らしい曲だった。

俺はその後も二、三曲聴いて、ギターケースに小銭を入れた。

「ありがとうございます」

彼はしっかりと俺を見て、礼を言ってくれた。

「また聴きに来ます」

そう言って俺は立ち去った。

家に帰ってすぐ、勇太に連絡した。

『行ってきたよ』

『どうでしたか？』

驚くほど早く返信がきた。気が気でなかったんだろう。

『正直、思っていたよりずっと上手だった。いい声で、お客さんもたくさんいてね』

『そうでしたか』

『一度聴いただけだからわかんないけど、たぶん心配ないいんじゃないかな？』

真面目に音楽に向き合っているような雰囲気だったし、見た限り女性に声をかけるようなそぶりもなかった。俺はそのままのことを勇太に送った。

『すみません、休みにわざわざ。ありがとうございます』

『いやいや。もしかしてこの中に彼女もいるのかなーとか思って、楽しかったよ』

『それが、彼女から連絡がきて、もう聞きに行かないって……』

『勇太と喧嘩になったから？』

『そうみたいです……』

『いい彼女だね。勇太のことが好きなんだ』

『なんか、自分がすっげーちっちゃい男な気がして……』

勇太の苦悩が少し懐かしく思えた。自分も昔はこんなだった。

『よく考えたら、彼女は好きな音楽聞いてるだけなのに……』

『まあ、そうだよな』

『ちゃんと告白すらしてないのに束縛なんてして、こんなん嫌われますよね』

『今の中途半場な状態が、余計に二人を不安にしてるのかもね』

『そんな気がします。俺、次のデートでちゃんと告白します！』

『おう！　その意気だ！』

『がんばります！』

その青さは懐かしくもあり、少しくすぐったくもあった。


アルバイト面接の結果はすぐに出た。大学院が始まるまでは、給料の良い夜間を中心に入れてもらうことになった。それから、落ち着いた日常が始まった。バイトを終え、帰ってすぐに眠り昼過ぎに起きる。その後は勉強をして、少し早めに家を出ると散歩がてらゆっくり歩き、バイト先に向かう。休みの日は昼に勉強をして、夜に友人と会う。バイト先の店長は良い人で、通学が始まったら時間帯を変えてくれると言ってくれたのもありがたかった。

その日は休みだった。夜も特に約束がなかったので、予定通り勉強を終えるとスーパーに行こうと外に出た。

いつもの川沿いの道をブラブラ歩く。川沿いには美しい桜並木がある。それを見ながら歩く。桜の蕾はまだ固く、開くにはもう少し時間を要しそうだった。

駅前に差し掛かったときだった。

「青山……！」

誰かに呼ばれ、立ち止まった。

振り向いて、驚いた。

目の前には、五十嵐さんがいた。

五十嵐さんは、緊張した面持ちで俺に近づいてきた。

俺にも緊張が走った。

「どうしてここに……？」

呟いた後、思い出した。以前、五十嵐さんに最寄り駅がどこか訊かれて伝えたことがある。確か、入社してすぐにあった歓迎会のときで、五十嵐さんは俺の終電を心配して尋ねてくれた。確か五十嵐さんに最寄り駅を伝えたのは、その一回きりだった。

「こんなところまで来て、申し訳ない」

五十嵐さんは、俺に頭を下げた。

最寄り駅に来たって会えるとは限らないのに。一体いつからここにいたのだろう。

「青山、突然ごめん。ちょっとだけ、話ができないかな？」

五十嵐さんは、今まで見たことのないほど自信なさげな顔で言った。

川沿いまで戻ると、ベンチがあった。桜の咲いていないこの時季はまだ人通りもほとんどない。二人で無言のままそこに座った。

しばらくそのままの状態が続き、俺がチラリと五十嵐さんを窺うように視線を向けると、五十嵐さんはスクッと立ち上がった。

そして、次の瞬間、地面に両ひざをついた。

「青山、申し訳なかった……！」

まさかの土下座だった。

止める間もなかった。

「い、五十嵐さん！」

「許してもらおうなんて思っていない。けれど、どうしても謝りたかった。本当にすまなかった」

俺は慌てて五十嵐さんを引っ張り起こした。

「いいです、いいですよ、そこまでしなくて！」

「いや、本当に許してほしいわけじゃないんだ。ただ、ただ、一度だけでもちゃんと謝りたくて……」

「とりあえずちゃんと立って、ほら。そうだ、ならジュース奢ってください！　あそこに自販機あるんで、俺コーヒーでお願いします」

指差した先を確認して、五十嵐さんは「わ、わかった！」と駆け足で自販機に向かった。俺はホッと息をついて、ベンチに座った。五十嵐さんも、これで少しは気持ちを落ち着けてくれているといい。

五十嵐さんは息を切らして戻ってきた。

そして俺に「これでよかったかな……」と缶コーヒーを差し出した。それは、勤めていた頃、いつも俺が好んで飲んでいたものだった。

「ありがとうございます」

それを受け取り、五十嵐さんを隣に座らせた。

「とりあえず、飲みましょう」

五十嵐さんは「うん……」と、プルタブを開けた。

「こんなことで罪滅ぼしになるとは思わないけど、会社で全部、話したんだ。俺がしたこと、全部」

缶コーヒーを両手で握りしめたまま、五十嵐さんはポツポツと話した。

「これは僕の予想ですけど……部長は特に何も言わなかったんじゃないですか？」

五十嵐さんは驚いて俺を見た。そして、俯いた。

「そうなんだ……。何も……言われなかった」

「あの人は数字さえ取れれば、それが誰のものかなんて気にしないでしょうから。むしろ、ミスばかりしていた俺が辞めたことは、部長にとってマイナスにはならなかったでしょうしね」

「でも、みんなは本当に驚いてたよ」

それを聞いて、今度は俺が驚いた。

「みんなにも話したんですか⁉」

「もちろん。そうしなきゃ、意味がないから」

「でもそんなことしちゃったら、五十嵐さんが……」

そこまで言って気がついた。

「辞める……んですか？」

五十嵐さんは、コクリと頷いた。

「三月末までで、今は有休消化中。辞めるって決めてから、みんなに本当のことを話して、その辺りをちゃんとしてから青山に謝りたかった。ごめんな、いきなりこんなところまで来て。ビックリしたよな」

「そりゃあ、まあ……驚きました」

五十嵐さんに会う前は、実際に会ったらどう思うだろうと想像していた。殴りたくなるほど腹が立つのかもしれないと思った。

「あのメモ、ありがとう。……正直、救われた」

五十嵐さんは目を伏せたまま言った。

「あれは……まあ、ある人の真似《まね》っていうか……」

波打っていた気持ちがすーっと落ち着いていくのがわかった。

「なんか、もういいですよ」

五十嵐さんが眉尻を下げて俺を見た。

「多分、俺が怒って一発くらい殴った方が、五十嵐さんとしてはスッキリするかもしれないんですけど……俺にとってはもう、過去のことなんです。それが今、わかりました。社内での俺の評判がどうなるとか、正直どうでもよくって。今は、本当に自分と関係のない世界の話みたいに思えるんです」

「そっか……」

五十嵐さんは複雑な表情で頷いた。

「みんな、どうしてますか？　相変わらずですか？」

「相変わらずだな……。でも、青山が辞めた後、実はもう一人辞めたんだ」

「えっ！」

「青山の言葉が響いたんだと思うよ」

「そっかあ……。なんか、すみません。実際そうなったら現場は大変ですよね」

「それがさ、入るんだよな。新しい人間が。思わずやめとけって言いたくなるよ」

「新陳代謝が良すぎる企業ですね」

「物は言いようだな」

五十嵐さんが少し笑った。

久しぶりに感じる空気感だった。もしも、五十嵐さんと出会ったのがもっと違う、もっとまともな会社だったら。そう思うと、あの場所で出会ってしまったことが残念でならなかった。

「鈴木がさ……」

五十嵐さんがふいに口を開いた。

「鈴木さん？」

俺の一年前に入社した、先輩だった。

「ちょっとヤバそうなんだ……。どうにかしてやりたいけど、俺のほうが先に辞めてしまうし……。かといって、俺が無理やり鈴木を辞めさせるわけにもいかないし」

「確かに、俺の後にも一人辞めて、次に五十嵐さんが辞めてしまう状態では、鈴木さんなら辞めたくても言い出せないでしょうね」

「すまない、こんな話をするつもりで来たんじゃなかったんだが」

「いえ……」

相槌を打ちながら、五十嵐さんの言葉も上の空で考えていた。

「実は俺、臨床心理士を目指しているんです。もしかしたら何か力になれるかもしれないし……鈴木さんの連絡先って変わってないですよね？」

「ああ、変わってないと思うよ」

「じゃあ、後で連絡してみます」

「ああ、青……」

五十嵐さんが、何か言いかけてやめた。

「なんですか？」

「ああ、いや……」

少し気まずそうにした後、たどたどしく五十嵐さんが言った。

「あの、実は一回、電話したんだけど……」

「鈴木さんにですか？」

「いや、おま、青山に」

俺は一瞬「ん？」と思って、「あっ！」と声を出した。

「すみません、俺、番号変えちゃって……」

五十嵐さんは見るからに焦った表情で、手をブンブン振った。

「いや！　いいんだ！　違うんだ！　そういう意味ではなくって、いや、知らない番号だと鈴木もでないかもしれないから、事前に連絡したほうがいいかもって」

あまりの慌てっぷりに俺は思わず笑いが込み上げてきた。俺の知っている『五十嵐先輩』はいつも冷静沈着で落ち着き払った大人の男だった。けれど、もしかしたらこっちの五十嵐さんのほうが、本当の姿なのかもしれない。

俺はスマホを出して、電話を掛けた。

五十嵐さんのポケットの中からプルルルと着信音がした。

「あ、悪い、電話だ」

俺は面白くなって「どうぞ」と言った。

「悪いな」

ポケットから電話を出して、五十嵐さんはベンチを立った。

「はい、五十嵐です」

俺のスマホから五十嵐さんの声がした。俺は堪えきれずに笑った。

「どうも、青山です」

「……えっ⁉」

五十嵐さんは甲高い声を出して、バッと振り返った。

「あははは」

五十嵐さんは状況を呑み込めたようで、バツの悪そうな、恥ずかしそうな顔をしながらベンチに戻ってきた。

「なんだよ……」

そう言いながらも、横顔ははにかむように微笑んでいた。

「これ、俺の新しい番号です。部長の番号は速攻で削除しましたけど、五十嵐さんのは……消せなかったんで」

五十嵐さんは「そっか……」と、じっとスマホを見つめていた。

「五十嵐さん、俺、一回本気で死のうとしたんです」

五十嵐さんが、ハッと俺を見て、眉頭に力を込めた。

「ある人に助けてもらったんですけど、もし、あのときその人がいなかったら、俺は死んでたと思います」

五十嵐さんは、目を閉じて俯いた。

「すみません。でも、その事実を五十嵐さんにも知っておいてほしかった」

五十嵐さんは、黙って深く頷いた。

「…………本当に、すまない…………」

絞り出すような声だった。

「人生を線で表すとしたら、俺にとってあの日の屋上は、ただの点です。少し大きな黒い点。それ以上でも以下でもない。誰しも真っすぐな線なんて描けない。今ではそう思えるんです」

五十嵐さんは、じっと拳を握りしめていた。

「デコボコして、ゆらゆらして、上がったり下がったり、シミができて、たまに筆が止まって途切れそうになって、それでも繋がっていく。残るのは、手が止まっている間にできた黒い点だけ。それが大きかったり小さかったりするだけ。人生って誰しもがそんな感じなのかなって」

五十嵐さんは黙ったまま、俺の話に耳を傾けていた。

「これからも線は続きますから。だから、この話はもうこれっきりです。俺と五十嵐さんの過去を振り返るのは、今日で終わりです」

五十嵐さんが、顔を上げて俺を見た。

「また、飯でも行きましょ」

五十嵐さんの顔が歪んだ。

そして、俺から少し顔を背けると「何でも奢るよ」と震える声で呟いた。

「あ、そうだ、奢ると言えば」

俺はできる限りの笑顔を向けた。

「米田さんに聞きました。あの日の飯、ご馳走さまでした。友人も喜んでましたよ」

五十嵐さんは一瞬眉間に皺を寄せて「アイツ、よくしゃべるな……」と呟くと、

「次も肉がいいかな？」と、少しはにかむように俺を見た。


五十嵐さんと別れ、川辺を一人歩いた。

俺はスマホを取りだし、鈴木さんに電話をかけた。

「鈴木さんですか？　青山です」

そう伝えると、電話の向こうから鈴木さんの驚いたような声がした。

「青山か。久しぶりだな。元気してたか？」

「はい、おかげさまで。鈴木さん、まだ会社ですか？」

「ああ。でも部長はもう帰ったから大丈夫だよ。どうかしたのか？」

「いやあ、鈴木さん元気かなって思って」

少し間があって、鈴木さんの窺うような声がした。

「……もしかして、誰かに何か聞いた？」

俺は素直に答えることにした。

「はい……実は、さっき五十嵐さんに。鈴木さんが疲れてるんじゃないかって聞いて、ちょっと心配になっちゃいまして」

鈴木さんが「えっ！」と声を上げた。

「五十嵐さんって……まだ連絡取ってるの？」

五十嵐さんから全ての顛末《てんまつ》を聞いたのなら、当然の反応だと思った。

「実は今日、辞めてから初めて会いました」

「そうか……いや、まあ、なんていうか、おまえ大変だったんだな」

鈴木さんは心底同情した声を出した。

「いえ、それはもう済んだことなんで」

「おまえ……大人だなあ」

鈴木さんが感心したような声を出した。

「いや、俺も今日話せたことでようやく気持ちに区切りがついたってところなんで」

「そりゃそうだよなあ。俺も驚いたからさ、まさか五十嵐さんが、な……」

「そりゃあ、驚きますよね」

　俺はハハと笑った。

「まあ、俺がどうこう言うことではないんだけどさ。でも青山の気持ちが少しでも落ち着いたなら本当によかったよ。んで、俺を心配して電話くれたのか？」

「はい。なんか、自分のことを思い出してしまって……余計なお世話かもしれないんですけど、大丈夫かなあって思って」

「そうか。ありがとう」

　そう言った鈴木さんの声は、思っていたよりもしゃんとしていた。

「正直、これ以上続けるのは無理だと思ってたよ。でも、変な話かもしれないけど、五十嵐さんの告白を聞いて、ちょっとラクになったんだ。こんなに完璧に見える人でもここまで追い込まれてたんだなって。五十嵐さんが無理なんだから、俺も無理で当然だなって。ちょっと開き直れたっていうか。あとさ、さすがに退職者が続いて、部長が呼び出しくらってさ。最近ちょっと大人しいんだよね。もしかしたら春の人事で降格するんじゃないかって噂だよ」

「そうですか。それは朗報です」

鈴木さんはハハッと声を出して笑った。

「だろー？　俺もそれでちょっとは溜飲《りゅういん》が下がったところでさ。だから、今のところは大丈夫かな？　五十嵐さんから引き継いだ取引先もあるし、新しい上司も来るだろうし、もう少し様子をみてから先のことを決めるよ」

「よかったです。思ったより元気そうで。五十嵐さんがすごく心配してたんで、もっと切羽詰まった状況かと思ってました」

「俺はどちらかと言うと、五十嵐さんのほうが心配だけどね。地元帰るみたいだし」

俺は「えっ」と声を上げた。

「辞めるだけじゃないんですか？」

「あっ……知ってるかと思った」

少しバツの悪そうな鈴木さんの声がした。

「そうなんだよ。四月には東京を発つらしいよ」

「そうなんですか……」

「でも、別に青山が気にすることないよ。青山は何も悪くなかったんだしさ」

「ちなみに五十嵐さん、最近どんな感じでしたか？」

「まあ、青山が辞めてからけっこう体調とかも悪そうで……でも年末頃はちょっとだけ元気になってるように見えてたんだけどなあ」

そして次に発した鈴木さんの言葉に、俺は愕然とした。

「一時、ヤマモトさんて人から頻繁に電話があって……」

ヤマモトさん……？

「その頃はちょっと復活してきたように見えたんだけど、結局その契約も俺にくれちゃったし。引き継いだら全然ヤマモトさんて名前でもなかったたし、ちょっと謎なんだけど。その後急に辞めるってなったから驚いたよ」

ヤマモト……。

その名前が聞こえてから、鈴木さんの話がよく頭に入ってこなかった。

まさか、な。

そう自分に言い聞かせながら、でも尋ねずにはいられなかった。

「鈴木さんは……その、ヤマモトさんって人と会ったことあります？」

自分の声が、少し震えていた。

「いや、五十嵐さん以外、誰も会ったことないよ。電話なら何度かとったことあるけど。いつも五十嵐さんが連絡を待ちわびてる感じで、電話がかかってくるたび嬉しそうに会食してたから、誰なんだってちょっと社内で話題になったんだよ」

「そう……ですか」

「ひょっとして地元の知り合いとかだったのかな？　その人、関西弁だったし。五十嵐さんも確か、滋賀だろ？」

鈍器で殴られたような衝撃だった。

俺の頭の中は、もうヤマモトの名前でいっぱいだった。

「そうでしたね……そっか……。あ、あの、急に電話して長々と、仕事中なのにすみませんでした」

気づくともう家の前まで戻ってきていた。

「いやいや、心配してくれてありがとうな。また今度飯でも行こうよ。青山の近況も聞きたいし」

「はい、本当にいつでも気軽に連絡してください」

「ああ、ありがとう。それじゃ、青山も元気で頑張って。またな」

「はい。鈴木さんも、あんまり無理しないでくださいね」

電話を切って、無心で玄関を開けた。部屋に入り、電気もつけず、しばらく放心した。

いや、そんなことあるわけない。

でも……。ヤマモトは俺と五十嵐さんの関係を知っている。

五十嵐さんのことも心配して近づいたとしても、おかしくはない。

俺は居ても立ってもいられず、五十嵐さんに電話をかけた。

呼び出し音が長く感じた。

「青山、どうした？」

ついさっき、聞いたばかりの声がした。

「あ、あの、すみませんちょっとお聞きしたいことがあって……」

「うん、なに？」

「さっき鈴木さんに電話してたんですけど、ちょっと気になることがあって……」

「うん」

「五十嵐さんに、ヤマモトって人から頻繁に電話が入ってたって聞いたんですが」

心臓がドキドキ音をたてた。

「それって、俺と同い年くらいの、濃い目の関西弁で、テンションがやたらと高くて、人懐っこくて馴れ馴れしくて友達みたいに接してくるけど、でもなんかイヤな感じはしなくて、いつの間にか懐に入り込んでくるような、そんな人でしたか？」

一気にまくしたてた俺に、五十嵐さんは驚いたように言った。

「お、おう。まあ、そんな感じの人」

「歯磨き粉のCMみたいな笑い方する人でしたか⁉」

「あー、そうそう。まさにそれ。歯を見せてニカッて笑ってたよ。え、知り合い？」

ヤマモトだ――

俺の次は、五十嵐さんを――

「もしもし？　青山？」

「……五十嵐さん、その人について、ちょっと教えてもらえませんか？」

五十嵐さんとの電話を切った俺は、すぐにスマホの検索欄を出した。

五十嵐さんに教えてもらった病院名と、ヤマモトの名前をそこに打ち込んだ。

そして、出てきた情報に愕然とした。

『臨床心理士　山本《やまもと》優』

それはスタッフの紹介ページだった。

「そういうことか……」

プロの臨床心理士だったんだ。

「なんだ……そうだったのか……」

俺は、ヤマモトの友達なんかじゃなかった。

「ただの患者じゃねえか……」
だから、ヤマモトは俺の前から姿を消した。
〝治療〟が終わったから、姿を消したんだ。
「なあんだ」
床にゴロンと寝転がった。
俺は知らぬ間に、ヤマモトと同じ道を目指してたのか。
床に放りだしたスマホからピコンと音がした。
勇太からメッセージを受信していた。
『隆さん！　ちゃんと告白しました！　彼女、めっちゃ喜んでくれました！』
『よかったな！　末永く仲良くしろよ！』
寝転がったまま、返信を打った。
『俺、あのとき死ななくて本当によかったです』
思わず、起き上がってスマホを握りしめた。
『隆さん、改めて、ありがとうございました』
続けてメッセージが現れた。
『隆さんの言った通り、人生ってそれほど悪いもんじゃなかったです！』

胸が詰まった。

『その言葉が聞けてよかった。俺も、頑張るよ』

スマホを置いて、宙を見据えた。

そうだ、俺には目指す道がある。

ヤマモトにできるなら、俺だってやってやるよ。

一人でも多くの人の手を、摑めるように。

「あの野郎……」

患者と友達になれないって言うなら、同じ立場になってもう一度目の前に現れてやるからな！

テーブルの隅には、お守り代わりのあのメモがある。

『人生って、それほど悪いもんじゃないだろ？』

これを見ながらずっと頑張ってきたんだ。

「待ってろよ、ちくしょう」

俺は、テーブルの上にテキストを広げた。

『無題』B面
ある男の場合

楽しいことなど何もない毎日だった。

「ほら、これやろう」

津森《つもり》さんだった。

僕は手渡された黒くて四角い箱をマジマジと見つめた。

「なんですか、これ……」

「ラジオっちゃ」

「ラジオ……」

「知っとるじゃろ？」

知ってはいた。しかし、ラジオだけが流れるらしいこの機械を実際に手にするのは初めてだった。

「くれるんですか？」

「やろう。まだ動くけえ。あったら聞くじゃろ？」

「まあ……そうですね……」

「驚くなよ。ワシはなあ、パソコン買《こ》うたけえ」

「パソコン？」

「おうよ」

津森さんは得意げにニヤッと笑った。

「パソコンでラジオも聴けるんじゃて。おまえ、知っちょったか」

「いや、知らないっす」

「聴けるんじゃて」

津森さんは今まで見た中で一番嬉しそうな顔をして繰り返した。

でも僕は、津森さんがこんなにも喜んでいるのは、パソコンを買ったからではないことを知っていた。津森さんは明日から娘家族と一緒に暮らすことになる。

津森さんが勤務中に怪我《けが》をしたことをきっかけに、娘夫婦が赴任先の中国から戻ってくることになったらしい。

「大したことないのに、大袈裟な。あっちはほら、PM2.5やなんちゃいうて空気が悪いっちゃろう。ほんで理由つけて帰ってくるんじゃ」

しかし本当は、定年をとうに過ぎても無理して働き続ける父親が心配になったからだということを、僕は知っている。職場一のおしゃべりおばさん、中村《なかむら》さんが「なんて孝行娘なんだろう。それに比べてうちのは本当に……」とさんざんみんなにふれまわっていた。そもそも津森さんが七十を過ぎてパソコンを買うのだって、小学校高学年になる孫のためだ。きっとパソコンはすぐに孫に占領されてしまうだろう。津森さんは自由にラジオを聴けなくなるかもしれない。しかし、そんなことはもうどうでもいいんだ。津森さんの唯一の趣味であったラジオは、孫の喜ぶ顔にあっさり取って代わられる。そして、それは津森さんにとって何よりも嬉しいことだ。あんなにも愛着のあったラジオを、生きがいとまで言っていたラジオを、あっさりと手放してしまえるほどに。

「ありがとうございます」

僕はお礼を言っていなかったことに気づいて、小さく頭を下げた。

「ええ、ええ。餞別じゃ」

餞別とは普通、去って行く人に対して渡すものだと思うが、そんなこともきっと彼にとってはどうでもいいことだ。

津森さんは十年も前に奥さんに先立たれている。それから津森さんは、ずっと一人でラジオを聴いてきた。しかしこれからはその時間、家族の声を聞いて過ごすことになる。

津森さんにはもう、ラジオは必要なくなったんだ。

いま彼の目には、きっと未来しか映っていない。

僕より四十以上も年上の人の瞳には、眩しいほどの未来しか映っていない。

彼の目は活き活きと輝いていた。

今日の強い日差しのせいではない。本来の彼が持つ、彼自身の光が差していた。


その日、社宅という名の風呂なし部屋に戻って、早速ラジオの摘まみを捻ってみた。ジジジ……という電波が掠れたような音がした。しばらく摘まみをいじっていると、やがて途切れた音がした。以前古い外国映画を見せてもらったときに聞いた、ひび割れたレコードみたいな音だった。

なぜ、津森さんが他の誰にでもなく〝僕〟にラジオをくれたのか。

それは明白だった。

僕が一番、何も持っていないからだ。

あそこで働く他の誰よりも、何も持っていないからだ。

高校生の頃、両親の持っていた工場が潰れた。借金で首も回らない状態だった。ごくごく普通の家庭だと思っていた僕にとって、まさに青天《せいてん》の霹靂《へきれき》だった。

その日は少し帰りが遅くなった。家に帰るとすでに準備はできていて、両親は僕を待ちわびていた。そして本当に夜逃げの業者という者がきた。僕はワケもわからぬまま必要最低限の荷物を段ボールに詰め、夜逃げ業者の車に押し込められた。携帯は捨てていった。余りにも衝撃的な経験だった。

それから僕ら家族は、社会の隅っこでひっそりと生きてきた。

何も持たずに生きてきた。

二年前、ようやく住み込みの仕事が見つかって、狭いながらも自分の城ができた。

そして今日、僕の城にラジオという文明の利器が加わった。

僕は慎重にラジオの摘まみを動かした。

見るからに昭和レトロな四角い箱から、曲らしきものが流れた。

「おお……」

思わず声が漏れた。

いつぶりかわからないほど久しぶりに、この四畳半の部屋に生活音以外の音が鳴っていた。

それは今週のヒットチャートで、もちろん僕の知らない曲ばかりだった。

それから僕は毎晩欠かさずラジオを聴いた。

古いラジオからは、華やかで鮮やかな色とりどりの音楽が流れた。

その中でも、お気に入りの曲があった。鮮やかな色彩の中、その曲だけは少しセピアがかったような、そんな懐かしさのある匂いがした。

「それでは、J《ジェイ》の〝いつかの未来〟を聴きながらお別れです。ハブアグッナイ」

ラジオパーソナリティの渋い声の後、僕の聴きたかったあの曲が流れた。

あの曲を歌っているのはJという歌手だということがわかった。

どんな人なんだろう。一度、この人の顔を見てみたいと思った。


翌日、昼休憩の食堂で、パート勤務している中村さんに声をかけた。

「中村さん、Jって歌手の人、知ってます？」

中村さんは、おしゃべりだけでなく、この職場では一番のミーハーでもある。

「知ってるわよー！　うちの娘が大好きで。いい曲よねえ、あれ。何だっけ？」

期待通り、満面の笑みを浮かべ中村さんは答えてくれた。

「いつかの未来、ですか？」

「そうそう、それ。今夜のNステに出るみたいよ。朝から娘が『録画しなきゃ！』ってて大騒ぎ。もう、寝坊して遅刻しそうなのに『リモコンどこやったのーっ！』ってそこら中の物落として。録画なんてしなくても八時までに帰ってくりゃいいのに。もう大学生なのよ？　一体いつになったら落ち着くのやら。いくら言っても早く寝ないし朝起きないし、こんなんで社会人になったらどうするつもりかしらと思って。ほんっとあの子は昔から……」

どうやらスピーカーの電源が入ってしまったらしい。僕はそれからたっぷり二十分、彼女の愚痴を聞く羽目になった。

ようやく中村さんから解放され、僕は職場一の映画通、田辺《たなべ》さんにも声をかけた。

「田辺さん、今日の夜って何か映画見る予定ですか？」

「おっ！　どないした、珍しいな。何か見たいもんでもあるんか？」

田辺さんは給与の大部分を映画につぎ込んでいるといってもいい。部屋に大きなテレビと音が良いらしいスピーカーを持っていて、たまに部屋で行う映画鑑賞に誘ってくれる、面倒見のいい人だ。

「いえ……もし映画を見ないのなら、少しだけテレビを見させてもらえないかと思いまして」

「テレビ？　ええよ。なに見るん？」

僕がテレビに興味を示したことが気になったようで、田辺さんは椅子に身を乗り出すようにして尋ねた。

「Nステを……」

「Nステ!?　なんや、好きなアイドルでも出るんか」

田辺さんが大袈裟に目を見開いた。

「いえ……最近聞いた曲で気になるのがあって……」

「へえー、珍しい！　Nステってたしか八時よな？　ええよ、ほな八時にこいや」

田辺さんはニッと笑った。

「ありがとうございます」

お礼を言ってその場を離れようとすると、入れ違いに違う同僚が田辺さんに声をかけた。

「おーい、田辺、今晩あいてる？　コンパ行くぞ」

「コンパ!?　行く行く！」

田辺さんは嬉しそうに二つ返事で答えた。そして「あっ……」と、僕の方を見た。

「あ、いいっすよ。こっちは全然大丈夫なんで、コンパ行ってきてください」

僕は慌てて言った。

「いや、でも……」

田辺さんは少し悩んだ後「そうや」と手を打った。

「おまえ、部屋入っててええからテレビ見とけよ」

僕は首を振った。

「いや、さすがに留守中にお邪魔するのは申し訳ないので……。どうしても見たいってほどじゃないですから、大丈夫ですよ」

「そうか？　なんか、悪いなあ」

さすがに主の留守中に、部屋に上がり込めるほど深い仲ではない。

「いえいえ、全然っすよ」

僕はニヤリと下手くそに笑ってみせた。


その夜、僕は銭湯に行き、帰ってからラジオをつけた。そうして二十二時になった頃だった。ラジオパーソナリティのテンションの高めな声に僕は引きつけられた。

『リリコのミュージックナイト。本日のゲストはなんと、今大人気のシンガーソングライター、Jさんでーす』

僕は慌ててラジオの摘まみを回し、音量を上げた。

『こんばんは。Jです』

ラジオから流れてきたのは、初めて聞く、Jの話し声だった。

歌声と同じ、少しハスキーでどこか寂し気な声だった。

「生放送の後にラジオか。忙しいんだな……」

一人呟きながら彼らの話に耳を傾けた。

『今日はなんと、Jさんのお誕生日……の、三日前ということでー！　ハッピーバースデー二十五歳！』

パアンとクラッカーらしき音がして『おお』とJのテンション低めに驚く声もした。

『ありがとうございます。あ、すごい、ケーキまで。なんかすみません』

Jは相変わらずテンション低くお礼を言った。

二十五歳。僕と同い年だ。さっきの紹介ではシンガーソングライターと言っていた。ということは、曲も詩もこの人が書いているのだろう。同い年なのにすごい才能だ。

「住む世界が違うなあ……」

僕は思わず溜息などついた。

『それでは参りましょう！　恒例の〝教えてリリコ☆〟のコーナーでーす！　では最初のメールから。【Jさんリリコさん、こんばんは！】はい、こんばんはー！【わたしはJさんの大ファンです。JさんのCDは私の宝物です。Jさんの宝物は何か教えてください！】ということです。Jさん、いかがでしょう？』

『ありがたい話ですね。俺の宝物は、やっぱりギターですかね』

『いつも持ってらっしゃる、あのギターですね』

『そうです。とても大事なものです』

『素敵なお答えですねー。では、そのギターにまつわるこんなメールもきていますよ。【リリコさん、Jさん、こんばんは。Jさんに質問です。MVにJさんのギターケースが映っていましたが、Yのイニシャルが貼ってありました。もしかして、Jさんの苗字《みょうじ》か本名だったりしますか？】うーん、目ざといですねー。これは、いかがでしょうか？』

ギターケースにイニシャル……。同じようなことをする人間がいるものだ。僕は懐かしい思いに少し笑った。

『本当、目ざといですねー。でもこれは、僕のイニシャルではありません』

『おっと、これは意味深な発言ですねー。ネットがえらいことになっちゃいますよ？』

『いやいや、違います。そういうんじゃなくって……ええと……』

『ちょっとちょっと、大丈夫ですか？　クールなお顔に焦りが見えてますよ？　落ち着いていただくために次の質問に参りましょうか』

『お願いします』

『では、次のメールです。【私はJさんがストリートで歌っていた頃からのファンで

す。デビュー曲である〝いつかの未来〟は当時〝無題〟と呼ばれていましたよね？】
ということなのですが、これはコアなファンの方ですねー。無題、つまりノータイト
ルということでしょうか？　これはいかがですか？』
『はい、その通りです』
『当時はタイトルが違った、なかった、と言った方がいいのですかね？』
『はい。実はこの曲、タイトルを最初は違うのにしたかったんですよ』
『おっ、これは気になるお話ですね』
『実は、一番初めにつけたかったタイトルっていうのが人名で……』
『人名⁉　人の名前⁉』
『そうです』
『人名というと、やっぱり最愛の女性の名前をつけちゃう、みたいなイメージがあり
ますよね。有名なところでは〝レイラ〟とかね。ちょっとちょっと、問題発言きちゃ
ったんじゃないですかー。えっ、誰の名前をつけようとしたんですか⁉』
『いや、全然そういうんじゃなくって。男の名前なんで』
『えっ、男の⁉』
『いや、この流れでそう言うと変に聞こえますけど』

『本当に男ですかー？　そんなこと言って、本人だけにはわかる彼女の名前とかじゃないですよねー』

『違います、本当に』

『ちなみに、それはどうしてボツになったんですか？』

『いや、事務所の人に「なにそれ？　わけわかんないよ」って言われちゃって。それが、さっきのYのイニシャルの話と繋がってて、このギターの持ち主の名前っていうか……』

『Yのイニシャルはギターの持ち主なんですね。うわーそのお話、詳しくお聞きしたいのですがー、もうそろそろお時間が迫っている、ということなんですよ。くーっ残念！　それでは最後にリリコからの質問です。最終的に〝いつかの未来〟というタイトルになりましたこの曲ですが、この曲に、そしてタイトルに込められたメッセージをお願いします』

『それは、さっきも言ったように僕は人の名前にしたかったんですけど、さすがにそれはダメだって言われたので、それならせめて未来に願いを込めて……っていう意味で、〝いつかの未来〟にしました』

『Jさんは、未来にどんな願いを込められたんですか？』

『それは……内緒です』

『ええー、内緒ですかあー』

『皆さんの未来にもそれぞれの願いを込めてくださいってことで』

『おっ！　なんだか綺麗にまとめられましたね』

『はは、ありがとうございます』

『さて、楽しい時間は早いもので、お別れのお時間となってしまいました。Jさん、お忙しい中、ありがとうございました』

『こちらこそ、ありがとうございました』

『それでは今夜はこの曲でお別れです。いつかみなさんの願いも叶《かな》いますように。Jで〝いつかの未来〟』

澄んだ声がラジオから流れた。

——生きていれば　また会える
癒えた傷と　どこかの街　いつかの未来で　きっと——

初めて聴いたときに懐かしいと思った、この声。

まるで泣いているような、セピアがかった切なくも優しい声。

聴けばきくほどに心に沁《し》み込んでくる、この声。

「まさか……な」

ドンドンと、戸を叩かれる音がした。

「おーい、起きてるー？」

コンパから帰ってきたのか、田辺さんが酔いの回った声で僕の部屋の戸を叩いた。

僕は返事をしなかった。

「おーい、もう寝たー？」

僕は息を殺して、ラジオから流れる懐かしい歌声に耳を澄ませていた。

「おーい、柳瀬《やなせ》ー」

ほどなくして戸を叩く音がやんで、田辺さんが帰っていく足音がした。

翌週月曜の昼休憩、食堂で中村さんに声をかけた。

「中村さん、あの、もしJがテレビに出る今後の予定とかわかれば、教えてもらってもいいですか？」

これではまるですごいファンのようだ。恥ずかしかった。

中村さんは人の良い笑顔で言った。

「あら、Jが見たいの？　また娘に聞いとくわー。そういえばこの前ね、娘がｙｏｕ

tubeにMVっていうの？　あるよって教えてくれて。昔はPVって言ったのに、今はMVだってね、ミュージックビデオ。タダで公開してるのよ、すごい時代よねー。柳瀬くん、見てみる？」

中村さんが自慢げに最新のスマホを取りだした。

「えっ、見れるんですか？」

「見れるのよー。これ、つい先月買ったの。高かったのよー。でも色々使い道があってね。うちの娘こんなことばっかり詳しいから。もうちょっとその熱意を勉強のほうにね……」

「見せてもらっても、いいですか？」

俺は、はやる気持ちを抑えて言った。

「いいわよー、ここWi-Fiタダだから。ちょっと待ってね、ええと……まだ慣れなくって…………ああ、これだ」

馴染みのあるイントロが流れ、小さなスマホの画面にJの後ろ姿が映った。

その瞬間、ドキンと心臓が波を打った。

「かっこいい映像だけど、なんだか顔がよくわかんないわねえ」

「そうですね……」

Jの持っていた、ギターケースが大きく映った。見覚えのあるYのイニシャルが見えた。

更に大きく、僕の鼓動が鳴った。

頭の中で、アイツの声がした。

『絶対壊さないように、大事に扱うから』

アイツは柄にもなく緊張した顔で、僕のギターを背負ってそう言った。

思い出した、懐かしい、この声。

初めて聞いたときから引き寄せられるように魅せられた、このセピアがかった声。

「そういえば、Jのすごく素敵な話があってね」

中村さんの声が頭の端っこに聞こえた。

「この曲のタイトル、最初は人の名前だったんだって。それがこのギターをくれた大事な親友らしくって、その人のためにこの曲を書いたっていうのよ」

僕は、思わず笑った。

「……ってねえよ……」

「え?」

ひととき、間があった。

「ちょっと、どうしたの⁉」

中村さんの焦った大声が、食堂に響いた。

「……あげたんじゃねえよぉ……」

僕は嗚咽を漏らしながら、声を絞りだした。

「ちょっと柳瀬くん、どうしちゃったのよー？」

中村さんの声に、続々と人が集まってきた。

「おい、どうした」

「柳瀬⁉」

「中村さん、何があったん？」

「わからないのよー」

ざわついた食堂の中、僕は滝のように流れる涙を気にすることもなく、スマホの小さい画面に映る懐かしいアイツの横顔を見つめていた。

「絶対、取り返しに行くからな」

きっと、いつかの未来に僕の持ち物は増える。

ラジオと、Yのイニシャルのギター。

そしてもうひとつ、潤吾という名の、親友。

○月△日（☆）
二人の場合

ピリリリリリ……

カウンセリングを終え、部屋に戻るとスマホからアラーム音が鳴り響いていた。

「まーたかよ」

俺はソファからはみ出す足を、バシッと叩いた。

ヤマモトは寝ぼけた声で「ううーん」と唸った。

「起きろ！　そこをベッドにするな！」

ヤマモトはふわあーと大きな欠伸《あくび》をしながら起き上がった。

「だってー、このソファ家のベッドより気持ちええねんもん。みて、このスプリング。やっぱ大きな病院はすごいよなあ。隆も寝てみ？」

俺は無視して尋ねた。

「今日は、飯は？」

「外で食おうや。天気いいし」

確かに、外は快晴だった。

「ふわー、いつかいつかと思っとったけど、一気に咲き始めたなあ」

気持ちの良い風が吹く中、ヤマモトが大きく伸びをしながら言った。

「ホントだ。今週末あたりが満開かな」

見上げると、空の青と桜のうす桃色。これ以上ないほど美しい景色だった。

ヤマモトと再会してから、一緒に見る二度目の桜だった。

「なあ、ヤマモト。週末、花見しない？」

いつものベンチに座り、それぞれ調達したコンビニの飯を食べながら俺はヤマモトに尋ねた。

「おお、ええよ。どこでする？」

「うちの近くの川沿い」

「ええなー、あそこ。もうすぐ引っ越しやしな」

ながらく住み続けたあの部屋から、もう少し職場に近い部屋に、今年ようやく移ることになった。

「そうそう。次の家の近くにはうまい定食屋があるんだって。五十嵐さんが教えてくれた」

「おー、そうなん？」

ヤマモトが優しい目で笑った。

五十嵐さんの名前を出すとこいつはこういう顔をする。いつ俺に、五十嵐さんに近づいたことを話すのかと思っているが、ちっとも話しやしない。そのうち、五十嵐さんに会わせてやろうと企《たくら》んではいるが、肝心の五十嵐さんが忙しそうでなかなか実現しない。

五十嵐さんは、今は関西にある出版社に勤めている。忙しそうだが充実しているようで「印刷から出版社だよ。紙から離れられないな」と笑っていた。

「それはそうとさあ、花見にちょっと人呼んでいい？」

「もちろん、ええよ！　勇太とか？」

勇太は東京の大学に進学した。彼女とは相変わらず仲良くしているようだ。

「いや、勇太は新歓コンパの準備とかでこの時期忙しそうだから、また今度」

「そっか」

ヤマモトはご機嫌でいつにもましてニコニコしながら昼飯のサンドイッチをかじっていた。横には大好きなカルボナーラも控えている。

俺は少し緊張していた。

「そんで、誰？」

口を開かない俺に、ヤマモトが尋ねた。

「いやあ……」

「あっ！　もしかして、彼女できた⁉」

ヤマモトが満面の笑みで言った。

「違う」

「ごめん」

ヤマモトが光の速さで謝った。

なおも口を開かない俺に、ヤマモトが少し訝し気な視線を送った。

「んで、誰なん？」

俺は意を決して、でもかなり小さ目の声で呟いた。

「………ヤマモトの、お母さん」

「う、えっ⁉」

サンドイッチをかじっていたヤマモトが、つぶれた蛙《かえる》のような、なんとも形容しがたい声を出した。

「実は俺、ずーっと連絡取ってるんだよね。川沿いの桜、一緒に見る約束してたんだ。だから、引っ越す前に、ね」

ヤマモトがまん丸の目で、穴があくほど俺を見つめた。エサを持ったままのハムスターのようだった。

「なあ、そろそろおまえも、前に進んでいいんじゃない？」

ヤマモトは視線を外すと、サンドイッチを置いてコーヒーを飲んだ。

「……進んでるよ」

「いや、もう少しだけ前にさ」

俺も食べている途中の弁当に箸を置いた。

「進んでるよ」

ヤマモトはサンドイッチを横に置いたまま、無表情に膝の上でカルボナーラの蓋を開けた。

「だって、ほらさ、……頼りになる友人も傍にいることだし？」

「えっ、どこに？」

俺は、わざとらしくキョロキョロしたヤマモトを睨みつけた。

「ウソウソ！　でも俺、おかんの前やと暗なるで」

そう言うと、ヤマモトは口いっぱいにカルボナーラを詰め込んだ。

「いいじゃん、べつに。俺だって親の前でテンション高くいられないよ」

「花見ってテンション高くやるもんやん？」

俺はカルボナーラしか見ていないヤマモトに、一生懸命話しかけた。

「しっとりした花見もあるよ」

「そんなん、嫌やわ」

「わがままかよ」

「……それに……向こうが会いたいとは限らへんやん」

　ヤマモトの手が止まった。

「お母さん、ヤマモトが家を出てからカウンセリングに通ったんだって」

　ヤマモトが驚いた顔で俺を見た。

「万が一にも、次にヤマモトに会ったときに、ヤマモトに純《じゅん》くんを重ねたりしないように。これ以上ヤマモトを傷つけることがないようにって」

　ヤマモトは珍しく神妙な顔をしていた。

「そして気づいたってさ」

　俺はヤマモトの顔をじっと見つめて言った。

「おまえと純くんは、そもそもそんなに似てない」

「いや、似てるわ！」

　ヤマモトがまん丸の目で叫んだ。

「びっくりした！　めっちゃ似てるわ！」

　俺は少し笑いそうになるのを抑えて続けた。

「それが、おまえが思ってるより、おまえは純くんに似てないって」

「いや、双子やぞ！　実際おかん俺らのこと呼び間違えたりしてたわ！」

「それは子供の頃の話だろ？　成長してからは見間違えるほどじゃなかったってさ」

ヤマモトが明らかに不服そうな表情を浮かべた。

「それに、純くんのほうがイケメンだったって」

「はあ⁉　俺のほうがイケメンやわ！」

「純くんのほうが断然モテたんだろ？」

「アイツはスカしてただけや！　猫被《ねこかぶ》りやったからモテただけで、俺のほうが自然体やったっちゅーねん」

あまりに必死にしゃべるヤマモトに、俺は堪えきれずにクスクス笑った。

「子供の頃は純くんのほうが活発だったらしいじゃん。ていうか、ヤマモトがすごい怖がりだったんだって？」

「ちゃいますー。怖がりちゃいますー」

ヤマモトはプイッと横を向くと、再びカルボナーラを頬張った。

「大雨の中、純くんが傘さして家に帰ろうっていうのに、おまえは傘に雷が落ちるとか言って怖がって動けなくなって、二人でずぶぬれになって高熱だしたって」

ヤマモトがごほっと咽せた。

「なんでおまえがそんなこと……！」

「お母さん、大変だったって、懐かしそうに言ってたよ」

「めっちゃ話してるやん……」

ヤマモトは再び不貞腐《ふてくさ》れるようにフォークをグルグルと回した。

「なあ、おまえは今、純くんの話をしてるの、苦しい？」

「そんなことないけど……」

不貞腐れたまま、ヤマモトは呟いた。

「じゃあ、懐かしい？」

「まあ、そうやな……」

フォークをグルグルしたまま、しかしそれを口には運ばず、ヤマモトはどこかを見つめていた。

「お母さんも同じ気持ちじゃないかな？　もうヤマモトが思っている以上に、時間が経ったんだ」

ヤマモトは黙って手を止めると、眉間に皺を寄せた。

「ほら、看護師長さんが言ってたじゃん。体の傷にも心の傷にも、一番効くのは日にち薬だって。最後はそれが治してくれるって」

ヤマモトはやっぱり何も言わなかった。

「効いたんだよ。日にち薬が」

俺はベンチの上で、ヤマモトに一歩分、にじり寄った。

「お母さんは、純くんのことを話したいんだと思うよ。その思い出を一番共有できるのは、やっぱり俺なんかじゃなくて、おまえだよ」

ヤマモトは宙を見据えたまま、じっと俺の声に耳を傾けていた。

「その話の途中でたとえ涙がでたとしても、それは必要な涙なんじゃないかな」

「隆……」

ヤマモトは、ゆっくりと振り向いた。

「おまえは今、カウンセラーとして話してんの？　それとも……」

「俺はおまえのことを〝友達として〟以外、見たことがない」

俺はヤマモトの言葉を途中で遮るように言った。

ヤマモトは再び前を向いた。

「それは……俺もやけど」

「でも最初は違ったでしょ？」

「まあ、最初はな。でも途中からなんか……わからんようになって……友達になってもうたから……」

「姿を消しました、と。中途半端なことしやがって」

「中途半端言うなや！　人の決意を！」

ヤマモトが勢いよく振り返った。俺はその目を真っすぐ見つめた。

「だから、こうやって会いにきただろ！　おまえがちゃんと友達として接することができるような、自立した大人になってきただろ！」

「いや、ちゃうねん」

「なにが」

ヤマモトはまた、少し視線を逸らした。

「べつに、おまえに自立してほしかったとかそんな大層な話やなくて……なんか、どこで自分のことバラしたらいいんかわからなくなって……。だって患者さんは病院で出会うやん。でもおまえは違ったから。嘘から始まったから。だから、今さら全部嘘でした、とかおまえがまた人間不信になったら困るし」

「またって何だよ」

「なんていうか……もう俺がおらんでも大丈夫やと思ったから……」

ヤマモトは珍しく、歯切れが悪かった。

「いいよ、はっきり言えよ」

「だから……ホンマのこと言って嫌われるくらいなら、消えたろうと思ってん！」

俺はあっけにとられた。

「おまえ……そんな理由で……」

俺の苦悩の二年間が……まさか、そんな理由だったとは。

なんだか笑えてきた。

俺はヤマモトの肩を摑んで、正面から言った。

「とにかく、花見は今週末に決行！　いいな！」

ヤマモトは、まだ不服そうな顔をしながらもしぶしぶと頷いた。


週末は、素晴らしい天気だった。立派な桜の木の下で、ブルーシートを広げた俺たちはそこにどっかと腰をおろした。ビールやつまみはふんだんに用意した。昼飯は一切用意しなかった。昼飯は、手作りの弁当を持ってきてくれる人がいる。

自転車が最近ヒットしていた曲を流しながら、俺たちの前を走り抜けた。

「俺、この曲知ってる」

「俺も知ってるで？」

一足先に缶ビールをプシュッと開けながら、ヤマモトが言った。きっと飲まずにはいられないのだろう。俺も缶ビールをあけた。

「違う、もっと前から知ってるってこと。この曲、ストリートで歌ってたよ」

ヤマモトが目を丸くした。そして、その目を細めた。

「そうかあ。隆も聞いてたんか」

「……も？」

「ううん、こっちの話」

「おまえ、なんかそういうの多いよな」

ヤマモトは「うん？」とトボケながら、ポテトチップスの袋を開けた。

「含みのある言い方しといて、煙《けむ》に巻くっていうの？　おい、食いすぎるなよ」

「あっ、この本なに？　面白いん？」

ヤマモトは俺の鞄の中から覗いていた本を取りだし、わかりやすく話題を変えた。

「ん、なんか五十嵐さんが送ってくれた。友達のデビュー作だって」

「へえー、おもろいタイトルやな」

米田さんが作家になったと聞いたときは驚いた。

「ちょっと今から人生かえてくる」

ヤマモトが口に出してタイトルを読み上げた。

「口に出すと大層やな」

「だね」

俺はハハハと笑った。

「この話って、ハッピーエンド？」

ヤマモトがしみじみ本を眺めながら言った。

「えっ、それ先に聞いちゃうの？」

「俺、ハッピーエンドが好きやねん」

「まだ最後まで読んでないからなあ」

俺もポテトチップスを摘まみながら言った。

「ほんなら、読んだら教えて？」

「明るそうな表紙だし、大丈夫じゃない？」

桜の花が印象的なその表紙は、バッドエンドには思えなかった。

「そう思わせといて、最後めっちゃバッドエンドやったらどうすんねん！」

「しらねえよ、作者に言えよ」

本を持ったままのヤマモトの視線が、ふと俺を追い越した。

その優しくなった瞳の中に映る人物が誰なのか、振り返らずともわかった。

「しょうがない。向こうのベンチで確認してくるよ」

俺は缶ビールを手に、ヤマモトから本をうばいとると立ち上がった。

ヤマモトがちょっと焦ったように「えっ」と俺を見た。

「ハッピーエンドか、どうか」

俺は手に持った本を、ヤマモトに向かって軽く二度振った。

まだ遠くから俺の姿に気づいたその人は、立ち止まると丁寧に頭を下げた。四角い風呂敷《ふろしき》包みを大事そうに抱えていた。きっとその中には大きなお重でも入っているのだろう。どんな弁当が現れるのか、想像するだけでもワクワクした。

俺はその人に軽く頭を下げ返すと、二人に背を向けてベンチへ歩いた。

俺がいれば話しにくいような、積もる話もあるだろう。

まだ冷たさを含んだ春風が、三人の隙間を吹き抜けていった。

今日まさに満開を迎えた桜は、二人の再会を祝すように舞い踊っていた。

END

あとがき

皆さまこんにちは。北川恵海《きたがわえみ》です。今作は、デビュー作である『ちょっと今から仕事やめてくる』の続編です。続編といいますか、アナザーサイド的なストーリーです。

今回舞台化されたこともあって久しぶりに自著を読み返したのですが、なんともくすぐったい気分になりました。でもデビュー作だからこその、ある種無謀な勢いやまだ青い情熱もあり、良くも悪くもこんな物語はもう二度と書けないだろうと思います。

当時よく「ストレートの剛速球」とか「真正面からぶん殴る感じ」とか「ジェットコースターで振り回すよう」と評された『仕事やめてくる』ですが、実はそれらは自分でもかなり意識して書いたイメージそのもので、思いというものはこれほどまでに正確に伝わるものなのかと、感嘆したと同時に少し怖くなったことを覚えています。

今回の『人生かえてくる』は、ジェットコースターというよりも路面電車でしょうか。もったいぶるようにゆっくり、じれったく、しかし確実にみんなを目的地まで連れていく。そんな優しい電車のような仕上がりになったのではないかと思います。

実は続編を書くかどうかは随分悩みました。結局はこうして書いたのですが、決め手となった思いは二つありました。

一つ目は、かなり個人的な思いですが、五十嵐のことを書いてあげたかった、というものです。といいますのも、実は五十嵐をどこまで描くかは『仕事やめてくる』を書く際に、唯一最後の最後まで迷った箇所なのです。結果、五十嵐のことにはほとんど触れずに仕上げることにしました。そのおかげで二人に焦点が当たり、伝わりやすい仕上がりにはなったと思うのですが「五十嵐をちゃんと伝えてあげたい」という思いは発売後もずっと心に残っていまして。今回書くことができて、ほっとしました。

そしてもう一つの決め手となったのは、この物語を、登場人物たちを、大好きになってくれた読者の皆さまへのお礼の気持ちです。

もう一度、楽しい二人を見て欲しかったですし、おとぎ話の「めでたしめでたし」のその後もずっと続く現実を、ひたすら幸せに向かって地道に歩くみんなの姿を見て欲しかったのです。その根底にあるのはきっと、この現実世界を生きる皆さまと同じ思いだろうと思ったからです。

残念ながら、現実世界ではなかなか奇跡など起きないし、だからこそせめて物語の中ではハッピーエンドを見ていたい。

そんな思いで書いた『仕事やめてくる』から四年経ち、こっちの世界も少しずつではありますが、着実に変わり始めたと感じることも多くなりました。

あと何年経ったら『仕事やめてくる』は完全なるフィクションとなるのでしょうか。

五年、十年、二十年先の若者たちは『仕事やめてくる』を読んで何を感じるのでしょうか。私も少しばかり長生きして、その先の未来を見てみたいと思います。

そのためには、あと一段も二段も、私も成長していかなければいけないですね。

そういえば、作家やアーティストさんの中には、文字や音に色がついて見えると言う方もいらっしゃいます。私はそのタイプではありませんが、物語にはイメージカラーや、風景があると思っています。

『仕事やめてくる』に関しては、澄み渡った空のように鮮やかなブルーで、今回の『人生かえてくる』は、それにプラスされてひらひらと儚《はかな》げに散る桜の淡いピンクです。

ちなみに『ヒーローズ（株）！！！』に関しては、原色ガラガラごちゃごちゃミックスの木製おもちゃ箱で、『星の降る家のローレン』は、真っ暗闇に差す光の色です。

今考えている新しい物語のイメージは、爽やかな初夏の風と新緑の匂い。そんなお話を書きたいなと思っております。いつになるかはまだわかりませんが、お楽しみに。

さて、もうこれでヤマモトや青山と会うのは本当に最後になるかと思いますので、ちょっとしたおまけをつけたいと思います。

これは以前ネット上で公開した超短編で、二人が出会ってまだ間もない頃、一緒に買い物に行ったときのエピソードです。青山が最後の日に締めた一番お気に入りの「青いネクタイ」それを買ったときのお話です。映画でも舞台でも買い物のエピソードはあったのですが、実は原作にもあったのですね。そして小説では最初、タバコを吸っていた青山くん。いつの間にかやめていたことにお気づきの方はいらっしゃったでしょうか。そんな裏設定のお話でもあります。

思い返すと、はや四年。
二人は、本当にたくさんの方に愛されるキャラクターとなってくれました。
二人を、この物語を、好きになってくれてありがとうございます。
私も二人が、この物語が、大好きです。

いつかの未来に、わたしたちの持ち物は増えます。
幸せな思い出と、少しの後悔と、私の手には、増えた本。
皆さまの手にも、きっと、それがありますように。
それでは、今までの感謝を込めて、最後に仲の良い二人をお楽しみください。

北川恵海

『ちょっと今から買い物いってくる』

「しゅんかしゅうとう～」

ヤマモトが、また変な歌を歌いだした。

「ど～れが好きっ？」

「はい？」

「春夏秋冬～や！　どれ？」

ヤマモトがニカッとした笑顔を俺に向けた。

「ああ、好きな季節か。うーん……秋かなあ」

「ええやん！　天高く馬肥《こ》ゆる秋ってね！　俺も好きやで。ってちょうど今やーん！」

まるで漫才のツッコミのように手の甲でバシンと叩かれ、そのあまりのテンションの高さに、俺は少し引いた。

「………どうした？」

白々とした目を向ける俺に、ヤマモトはヘヘッと笑った。

「実は買い物に出かけるん久しぶりやねん。ちょっとテンション上がってもーたわ」

ちょっとどころじゃないなあと、俺は心の中で毒づいた。

「そら〜をみあーげてぇ〜　天たかーく〜」

ヤマモトは今日何度か繰り返し歌っている曲を、また歌い始めた。

「さっきから何歌ってんの？」

「えっ、この曲知らん？」

「知らない……。流行《はや》ってんの？」

ヤマモトは俺の質問には答えず、満面の笑みで目の前にある店を指差した。

「ここや！　久しぶりやなあー。ネクタイもあるし、仕事でもプライベートでも使えそうな服がいっぱいあるで。ここ、来たことある？」

俺は「ううん」とかぶりを振った。それを見てヤマモトは更に嬉しそうに笑った。

「ほな、入るで！」

ヤマモトは意気揚々と店内へ消えていった。


「これ！　どう？　キレイな秋色や」

ヤマモトが手に取ったのは、鮮やかに澄んだブルーのネクタイだった。

「これが秋色？　今年の流行りなの？」

「流行りかどうかは知らんけど、秋色や」

歯を見せて笑うヤマモトに、俺は「いやいや」と苦笑いを返した。

「秋色ってのは普通、暖色系を指すんだよ。赤とか何ていうの？　こういう、黄土色……じゃなくて、からし色……とか」

俺は手近にあったからし色のセーターを手に取ってヤマモトに見せた。

「そちらは今週入荷したばかりの新色ですよ。秋らしいマスタードイエローですよね」

話を聞いていた店員がすかさず、何がそんなに楽しいのかと思うほどの笑顔で話しかけてきた。ちょっとメイクが濃い目だが、可愛いらしい顔をしている。

「薄手のニットなのでスーツの下にも着られますよ。Vネックの他にクルーネックもあります。でもスーツの中ならやっぱりVですよね」

早口で説明してくる彼女に、俺は少し圧倒された。

「すみません。まだちょっと見ているだけで……」

「はい、全然大丈夫ですよー」

彼女は笑顔を崩さず、一歩下がった。

そういえば、お洒落《しゃれ》な五十嵐先輩はたまにスーツの中に薄手のセーターのようなものを重ね着していたな。でも俺が真似したら速攻で部長に怒鳴られそうだ。

そんなことを考えながら商品を見ていると、後ろにいた店員が再度話しかけてきた。

「お仕事用でお探しですか？　秋色でしたら赤系も人気ですよ。鮮やかな赤じゃなくて、もっと落ち着いた……」

キョロキョロと辺りを見回す店員に対し、俺は口を挟んだ。

「あずき色……じゃないや。ワインレッドとか？」

「その通りです！　毎年バーガンディーは人気ですし、あと今年だとモスグリーンも流行りですよ」

そう言いながら店員は、どう見てもあずき色、もしくはワインレッドのカーディガンを手に取って広げてみせた。

「ああ、ばーがんでぃ…………ねぇ」

ヤバい。もう何がなんだかわからない。からしがマスタードなのはまだわかるが、あずきはもうワインですらないなんて。ちょっと街に出なかった間に、こんな暗号みたいな言葉が使われるようになるとは。時代の流れとは恐ろしい。

俺は引きつった笑顔で、その店員から逃れるように、ブルーのネクタイを持ったままでいたヤマモトに話しかけた。

「なあ、ヤマモト。やっぱり今から使うなら、もうちょっと秋っぽい色のほうがいいんじゃないか？」

「だから、秋色やないか」

「いや、だから、秋色ってのはもっとこう落ち着いた……」

「隆！　常識にとらわれるな！　お前の目線から見えるものだけが世界の全てとちゃうぞ！　見ろ、この澄んだ青を！　空を～みあげ～てぇ～」

「ちょっ、店内で歌うな！」

俺は慌てて周囲を見渡した。

店員はクスクス笑いながら「面白い方ですねー」と言ったが、この笑顔の仮面を外した下の本音ではどう思われているのかと考えるだけで、背中を冷や汗がつたった。

「ほら、これとかどう？」

俺はヤマモトを引っぱるようにして慌てて店員から遠ざかり、流行の〝バーガンディー〟と思わしき、あずき色のネクタイをヤマモトに示した。

「あかん！　そんな暗い色！　いま以上に顔が暗なるぞ」

〝いま以上に〟は余計だ。

「でも、流行ってるってよ？」

「お前はほんま……。時代を追いかけるな！　時代に追いかけられる男になれ！」

まーた、わけのわからんことを言っている。

俺が「はいはい」と取り合わないでいると、ヤマモトが俺の腕をグッと摑んだ。

「お前がどうしてもその色がええんやったら、俺と勝負しろ」

そう言いながら、拳をグッと前に突き出した。

「はあ？」

「お前が勝ったらその暗いネクタイ、俺が勝ったらこのブルーのネクタイを買うんや」

ヤマモトの表情は真剣そのものだった。

「男と男の一発勝負やぞ」

ヤマモトは拳を縦にして、上下に振った。

「じゃんけんかよ」

子供か。思わず笑ってしまった。

「いいよ。俺、けっこう強いよ」

俺が拳を差し出すと、ヤマモトはしてやったりというようにニヤリと笑った。

「ほないくで。俺が勝ったら禁煙しろよ。さーいしょーはグー！」

ヤマモトが大きく拳を振った。

「ちょちょちょ、何⁉ 今なにか余計なこと言ったよな！」

「出さぬが負けよ！ じゃーんけーん！」

「ちょっ……!!　待ってって！」

「ぽんっ!!」

えーーーーー！

心の叫びとは裏腹に、俺は反射的に右手を突き出していた。

「フッ」

ヤマモトが開いた右手を顔の前にかざし、不敵に笑った。

「我が生涯に敵なし」

——最悪だ。

俺は、差し出した自分の握り拳を恨めしく眺めた。


「何で、この色だったの？」

買い物したばかりの紙袋をぶら下げ、俺はヤマモトに不満をぶつけた。

紙袋の中にはもちろん、澄んだブルーのネクタイが入っている。

「色にはそれぞれイメージがあってやな。赤は情熱、黄色は元気、緑はやすらぎ、そして青は……」

ヤマモトはぴたりと歩みを止めた。

「信頼や」

そして、いつになく優しい瞳で俺をじっと見つめた。

「お前の仕事はなんや、青山隆」

「営業……」

「信頼や」

ヤマモトはそう繰り返すと、ニカッと笑った。

思わず息を飲んだ。

そんな俺を見て、ヤマモトは満足げに、再び鼻歌まじりで歩き出した。

「……にしてもさあ」

俺は小走りでヤマモトを追いかけ、しつこく食い下がった。

「あんなのずるいぞ。なんだよ、禁煙って」

「ええやん、別に体に悪いこと勧めてるわけちゃうねんから」

ヤマモトはしれっと言った。

「そりゃあまあ、そうだけどさ……」

「健康になって、お金も浮いて、女の子にモテる！　一石三鳥やで」

「そんっ………、モテるってことはないだろ」

言葉を飲んだ俺の気持ちを見透かしたように、ヤマモトはニヤッと笑った。

「嘘やと思うんやったら訊いてみ？　『タバコ吸ってる男と吸ってない男、彼氏にするならどっちがいい？』って。七割、いや八割は吸ってない男って言うんちゃうかあ？」

「………そ、うなの？」

ヤマモトはフッと笑みを零すと、話は終わったとばかりに再び歌いはじめた。

「そ～らを見上げて～」

「だから、何の曲だよ」

俺は溜息をついた。

ヤマモトと別れ、地元の駅についた俺はブツブツ呟きながら歩いた。なんでちょっと買い物にきたつもりが、禁煙する羽目になってるんだ、まったく。しかも、いつの間にか毎度アイツのペースにハマってるし。結局何の曲かも教えてくれなかったし。

ヤマモトは帰り道のさなか、ずっと鼻歌を歌っていた。

そんなに買い物が楽しかったのだろうか。

……それならそれで、まあ良かったけど。

「今日はあったかいな」

日差しが強く、少し暑いくらいだ。

俺は、立ち止まって空を見上げた。

「そ～らを見上げてー……か」

ヤマモトが歌っていた変な歌を覚えてしまった。

「澄んだ青だな」

久しぶりに見上げた空は、清々しいほどに晴れ渡っていた。

「天たかーく…………」

見れば見るほど、抜けるような青空。鮮やかに澄んだ青。

「……秋晴れか」

ふと、手元で揺れている紙袋に目をやった。

中には――――。

思わず、笑みがこぼれた。

「確かに……、秋空色《あきいろ》だな」

どこからか、姿の見えないヤマモトの鼻歌が聞こえてくるような気がした。

END

〈初出〉

『無題』A面　あるミュージシャンの場合／一部書店特典のために書き下ろしたショートストーリーを、文庫収録にあたり、大幅に加筆、修正しています。

『ちょっと今から買い物行ってくる』／電撃小説大賞特説サイトのために書き下ろしたストーリーです。

他の章は、すべて書き下ろしです。

◇◇メディアワークス文庫

ちょっと今《いま》から人生《じんせい》かえてくる

北川恵海《きたがわえみ》

2019年7月25日　初版発行

発行者　郡司 聡
発行　株式会社KADOKAWA
〒102-8177　東京都千代田区富士見2-13-3
0570-06-4008（ナビダイヤル）
装丁者　渡辺宏一（有限会社ニイナナニイゴオ）
印刷　旭印刷株式会社
製本　旭印刷株式会社

ISBN978-4-04-912533-7 C0193

メディアワークス文庫　https://mwbunko.com/

本書に対するご意見、ご感想をお寄せください。

あて先
〒102-8584　東京都千代田区富士見1-8-19
メディアワークス文庫編集部
「北川恵海先生」係

◇◇◇

星の降る家のローレン

北川恵海

**迷子の僕らに彼《ローレン》がくれたのは
本物の『家族』だった。**

母に捨てられた少年・宏助が知り合ったのは、謎多き中年画家・ローレンだった。

大学生になった宏助のもとに、生死不明で行方知れずだったローレンから「自分の絵を売ってほしい」と手紙が来る。絵を売るため個展を開催するが、そこで「ローレンは人殺しだ」という噂を聞いた宏助は、個展の客・雪子と一緒に真相を探り始める。雪子もまた、ローレンと関わりがあった親友・杏奈の行方を捜していた。

ローレンを通して人々は、『家族』という形に集約されていく——。

メディアワークス文庫